靠岸

舞浪的說書人

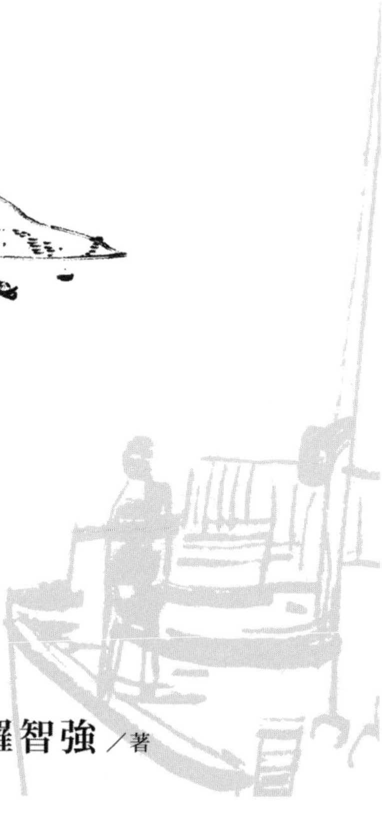

羅智強／著

獻詞

謹將此書

獻給我的曾祖父羅洪亮、曾祖母羅李氏，他們是羅家到大陳島墾居的第一代。

獻給我的祖父羅啟明、祖母梁翠英，祖父是一位知書達禮的漁夫與農夫，白天捕魚或務農，閒暇時說書給大陳鄉親聽。

獻給我的父親羅阿玉、母親蔣夏蘭，他們在六十年前，從大陳這個「島」靠上了基隆這個「岸」，先在台灣各處流浪打零工，最後落腳基隆碼頭，父親成了碼頭工人，母親則專務家庭手工兼當保母，在雨港拉拔三個孩子長大。

目錄

推薦序　一部典型的大陳家庭奮鬥史　胡為真　7
推薦序　風浪是我的筆鋒　吳鈞堯　11
推薦序　回家　羅智勇　16
自　序　淡然中的永恆光彩　羅智強　20
第1章　女人的名字　27
第2章　七日風　36
第3章　孃孃　44
第4章　食豆的海賊　51
第5章　日本兵的麥芽糖　57

第6章　舞浪鼓　64
第7章　六十年前的課文　72
第8章　心中的山　81
第9章　最後的冬天　91
第10章　第七艦隊行李工　99
第11章　初遇基隆　107
第12章　工人首部曲　119
第13章　三調婚嫁　127
第14章　六一七砲戰　134
第15章　留聲機　141
第16章　刑房　148
第17章　沒有緣分的姊姊　153
第18章　太白莊　161

第19章　一輩子的工作　169
第20章　保母中心　176
第21章　記憶裡的年味　181
第22章　說書人船長　188
第23章　賀年卡　195
第24章　旗袍夫人　200
第25章　蛋炒飯　205
第26章　癌後　213
終章　平凡　223
後記　孫兒們的話　231

推薦序

一部典型的大陳家庭奮鬥史

胡為真

這是一本輕鬆易讀、描述精采卻意義深刻的人生奮鬥篇章！作者羅智強以高超的寫作技巧、濃厚的家國之愛，以三年光陰，一次又一次地請父親回憶過往一切，然後用一篇又一篇的短文，逐漸把父親斷斷續續的口述回憶，彙集成一本清新有趣的家族史，在民國一〇四年春天問世。

大陳列島位於浙江外海，島上土地貧瘠，與世無爭的居民，泰半靠海吃海。書上描繪，島上有個尋常家庭世代以捕魚為生，六十年前因大時代浪潮的推移，隨同其他大陳人一起遷移到台灣，這就是他的祖父、他的父親、他的家。他父親先是在花蓮和其他縣市以勞力辛勤工作，其後在基隆立足，擔任碼頭工人長達數十年之久，並且娶妻生子、建立家庭，前前後後遇到了許多困難，卻又能一一加以克服，最後終能拉拔孩子們長大成人，而且成才，在不同的方面貢獻社會。

國人都知道智強的才氣，他是作家，也服過公職，擔任了總統府發言人以及副祕書長。但很少人知道他是真正從社會最基層的家庭中成長，因而完全了解窮苦奮鬥的滋味。這些短文描述全家過去所經歷過的困苦——例如當年能吃白米飯就感覺是件奢華的事，而如能嘗到肉和湯則更是「充滿讚歎」，相信現在豐衣足食的讀者很難體會出如此的心情！

我和智強是十分有緣的。有好一陣子我們同時在總統府裡上班，他是總統府發言人，我則在國安會服務，那時幾乎天天見面。他給我的印象就是忠心、冷靜、反應快、有才華，是馬英九總統的好助手。我只知道他父母都是大陳人，卻在讀了此書後才真正了解他的成長背景以及家庭。

我自己與大陳的淵源也是來自家庭——我的父親胡宗南將軍，就於民國四十年首先去大陳，把當地數十個游擊隊組成「江浙反共救國軍」，他擔任總指揮；本書也指出，當年智強的祖父就曾把他們家的磚房貢獻給反共救國軍使用。那個時期，我父親所經歷艱苦的物質條件與智強在書中所描述的十分相似，父執輩曾流著淚告訴我，先父雖是當地最高指揮官，他經常的食物竟是鹽水泡飯！儘管如此，救國軍的士氣卻一直都十分高昂，每當他們突擊大陸凱旋歸來後，父親給他們最實際的犒賞就是他僅有的最好珍品，一兩頭豬！

在那樣的困難情況下，大陳竟然在台灣風雨飄搖、最脆弱的年代裡扮演了重要的戰略角色。由於反共救國軍不斷地突擊大陸，竟牽制了中共數十萬正規軍、民兵以及排水量總共達五萬噸的海軍艦艇，使那些軍力在最關鍵的幾年不能用來威脅台灣。而父親離開大陳一年半後所發生的大陳屬島一江山戰役中，指揮官王生明將軍率領全體將士不顧自己的絕對劣勢，以拚戰到底、為國犧牲的壯烈精神，更是國軍軍魂發揚的最好典範！

正如本書作者的家庭一樣，一萬八千大陳人追隨政府遷來台灣後，胼手胝足刻苦奮鬥，一代又一代地參與台灣社會，並在海內外各地做出了許許多多的重大貢獻。大陳人離鄉背井、到台灣落地生根、從無到有的悲歡故事極為感人，對現代人尤有啟發；而本書的出版，恰逢大陳遷台六十週年，更是及時，正是典型的大陳家庭奮鬥史。盼望親愛的讀者們讀了本書之後也能見賢思齊，追尋家族的前世今生，多訪談自己的父母甚至祖父母，以便多知道自己家庭的歷史和家國的淵源，深入尋根後，自然便會更珍惜我們現今所有的一切，更鍾愛我們的國家。

＊本文作者胡為真博士，前江浙反共救國軍總指揮兼浙江省政府主席胡宗南上將之子，曾任駐外大使及中華民國國家安全會議祕書長，現任總統府資政。

推薦序

風浪是我的筆鋒

吳鈞堯

曾讀過羅智強其他的書寫，比如著迷網咖，一個渾沌青年怎麼地離不開他的渾沌，守著城，他執迷不悟之城。或記攝政治光影，為人物造譜，為家、為國，談一些書生之志。還有親子互動，在早餐與學習、麥當勞與學校之間，為孩子留一些歡笑的背影。

若說書寫也是招式，這些個招法或迷或暗、或沉或亮，似乎都在磨練、似乎都在等待，一個一統的招法，而我相信《靠岸》就是集招式與心法之大成。

《靠岸》最初的樣貌稱作「大陳島的海」，是《幼獅文藝》專欄之一。約莫二〇一二年秋，我以「邊緣書寫」，定位雜誌的專欄主軸，於是島有金門、馬祖，族群有客家、原住民，然後機緣湊巧，連我沒去過、不屬於中華民國版圖的大陳島，也收入專欄群組。

這個緣起，也是有趣。其一是羅智強曾以筆名「丁泠」投來詩稿，細聊之後才發覺，竟是中山大學校友，而且是大陳島人。其二是《聯合報》曾製作大陳島戰役報導，凸顯人如浮塵，大時代如風，個人歷史隨著搖擺，背後的冥冥，才是主宰。

看報導時，忽然想起羅智強來。當時他任職總統府，有無餘力以及題材，都是問題。為了解專欄能否如約撰寫，我跟智強聊過許多回，直到展閱來稿，不安才止歇，且讚歎這系列的書寫，歷史、家國、親情以及流徙跟生存，都一一掙顯面目。

智強在序中提到，道我調侃他專欄寫得輕鬆，因為只要把他父親的話轉成文字稿就可以。但我記憶中的版本卻是，我誇他寫得好，智強客套婉辭，說他有一個善記憶、能說好故事的父親。無論是智強記得真、或我記得實，都得回歸到智強的父親。這是一個善於臨摹時空的長者，不可思議地拓寫他的大陳島經驗，給予智強，以及展閱書籍的其他人。

羅智強真的交出書籍的主導權，給他的父親嗎？當然不是。智強負責掌時間與記憶的舵，才能陪同他的父親，一起赴往滔滔與不忍的巨浪，與父親閒坐、喝茶，但也喝一杯風雲。在智強結構性的主導下，他為父親的拓寫自然而然，雲淡風輕地交代父親的被命名、大陳島生活與文化背景、日軍帶來的毀扼與反省，然後在十七歲時，隨著國軍撤退台灣，輾轉台灣各個處所，在花蓮、台北、桃園、新竹、台中等，逐零工而居，挖過馬路、開過洗衣店，還曾在台北的新公園、現在的二二八紀念公園跟懷寧街補習班等，處理模板事宜。智強的父親直到考上基隆船訓班並報考碼頭工人，才漸漸有了穩定的生活。父、母靠上的岸，不僅是他們的岸，也是子女的岸。

約莫專欄進行半年之後，我跟智強說，這專欄寫得有特色，以散文為體、報導與小說為輔。散文有真情，小說彰顯了人物與情節，報導則進一步描摹出臨場感。而今成書再看，除了前述特質之外，更添氣象。

《靠岸》花不少筆墨記大陳島習俗，像是「二調婚嫁」等，有關嫁娶的經濟邏輯，都是大陳的特有習俗。我為這部分的紀錄感到欣慰。大陳島孤懸大陸海外，對台灣來說，它連懸掛的地方都難以尋找。它只懸掛在長者心中，卻漸漸面臨凋零。很慶幸集智強父母兩人的協力回憶，讓大陳不陳，以書寫溫新。大陳生活甚至成為一品新釀，讓台灣這島，遙望彼島。

《靠岸》當然是一部家族遷徙與定居的血淚紀錄，並適當呈現台灣早期社會。比如透過打零工，還原台灣經濟未興的當年，而到了後期，智強的父親擔任碼頭工人以後，生動地描繪了碼頭的作業，諸如紙箱裝貨搬載方便，慢船與快船以作業期限區分。七〇年代以後，碼頭開始機械處理，碼頭工人面臨失業危機。智強的主述者以父親為主，母親這條線索也是重點，如何幫傭儲蓄、怎麼家庭加工賺取外快，後來還當了保母，母親由少而婦而長，從未停止為家勞動。當然，羅智強父母怎麼婚配、戀愛、結婚與持家，都非常精采。而我相信，當父母敘述時，智強看到兩老熠熠動人的敘述，這裡頭的幸福，大約就是人間的大滿足。

《靠岸》敘說日軍侵略與國軍進駐，以及戰役跟其後的撤退等，都給了這本書更大的歷史敘事。我特別記得其中幾件小事，其一是國軍主導大陳島的防務之後，羅家的住宅被國軍徵用，羅智強父親氣不過，故意在二樓挖一小孔，往樓下傾倒灰塵跟垃圾。再是羅智強祖父偕同他父親，捕魚時撞見日本兵，兩人嚇得半死，又不能逃跑，沒料到一個日本兵嘰哩呱啦說了一堆後，竟拿出一大片麥芽糖給羅父。這組事件透著善的不一定都是善、惡的未必都凶惡，善與惡與國別、旗幟無關，而在人的一口善念。

大陳生活、家族史以及歷史書寫，都在《靠岸》這本書中，一一靠岸了。它的招式是散文、報導與小說各占其一。很近的時候，需要親近者，就調用散文，需要中距離的客觀立場，就徵用報導，加強史料與事件的描繪。必須以細節強化已逝去的、但必須補足的場景，則調用小說技巧，使其活靈逼真。這不僅在智強的其他著作中很少看到，放眼台灣諸家作品，也難得一見。這系列很像《聯合報》懷恩文學獎舉辦的「兩代書寫」，但智強的佳構不僅一篇，而篇篇連綴。

專欄稿件講究單篇獨立，是單元劇，成為書籍又是連續劇，《靠岸》變成可獨立閱讀、又連貫補綴的長篇。有計畫地以父親為主、母親為輔的追憶脈絡，更見人子的用心。

一支鼎，三足即能鼎立，智強策動小說、散文與報導，成為作品的三隻腳。鼎內該置放何物？歷史、家族與國難，都是題材，唯有真摯、真情，才能一統紛亂的招法，使之成為一口真氣。

我料想，在聽取父母故事、客觀敘述的同時，智強必壓抑著身為人子的不捨，雖從容行文，情緒必波濤洶湧。但是智強忍抑住了。於是，一招挾萬式。一，就等於全部。所以，我們才會漸漸融解在智強的「靠岸」裡。這個岸，是所有浪頭的港口，像跟時間喊了一聲暫停。

但我們知道，風接著風、浪連綴著浪，他們不止息，是因為有了另一個岸。

＊本文作者吳鈞堯先生現任《幼獅文藝》主編，著作含散文與小說，獲獎無數。

推薦序

回家

羅智勇

一九五五年二月，時年十七歲的父親、十歲的母親與全島一萬多名鄉親，搭上美國第七艦隊的軍艦，離開大陳島，隨國民政府來到台灣，最後開枝散葉，而今的全家福照上，三個子女，七個孫子女，團團圍繞在倆老的膝下；二〇一四年五月，我陪同父母親欲重回大陳島，事隔六十年，剛好一甲子，老人家懷著期待又忐忑的心情，從台灣搭機乘車，終於來到浙江台州椒江的海門碼頭，每天僅早上八點、中午十二點兩班船班，偏遇海上大霧，船班取消，老人家只能佇立碼頭，望著眼前一片遮天蔽海的大霧，思想著僅九十分鐘航程外的家鄉。據曾回去大陳島探親回台的親戚描述，父母親在上大陳島的老家，早已屋塌牆圮，連曾祖父母的墳塚，亦不復存，好像一切船過無痕，只有滿山的荒煙蔓草，令滄桑歲月，表露無遺。

這一趟的行程，先是帶父母從上海、杭州先玩了幾天，搭船遊覽黃埔江、登東方明珠俯瞰上海市、杭州西湖探幽、靈隱寺訪古，行程最後三天才從杭州搭高鐵到台州，準備用一天一夜的時間，讓父母返鄉探視大陳島這片原生的土地，祭拜長眠於土地之下的先祖，然後趕往溫州，搭機返台，孰料一場大霧，硬生生阻隔了此次的歸鄉之路。

母親的心情似乎未受霧的影響，覺得這次回鄉不成，等待下次也無妨，然後以家鄉方言與一樣搭不成船的本地老鄉，天南地北地聊了起來；這些老鄉得知母親是來自台灣的大陳鄉親，格外感到親切，並對台灣的風土人情，抱持高度的興趣，母親也樂得分享台灣的好山好水，而這幾位老鄉，也同時和母親交流了大陳島的現況。

父親卻是沉默的，他望著海，望著海上濃稠的霧，他告訴我，這個節令，大陳島的海域經常大霧，祖父通常不會出海捕魚，而會去田裡忙些農事，或邀三兩好友打打小牌。父親瞇著眼自顧自說著，我順著父親凝望的視線，向海的方向望去，彷彿撥開了眼前團團白霧，看見碧海無波，藍天如洗的大陳島，這座父親心中的山，夢裡的故土。七十七歲的他，似乎就從這片霧中瞬移到老家的門前。五月的風從海上吹來，父親花白的頭髮，簌簌然顫動，而他削瘦的身影，卻在時間閃爍飄移的光影中，開始幻化，蒼老的身形，逐漸變得青澀，十七歲的父親，忽然出現了。從一九五五年撤退前最後那個寂寥的夜晚，來到二〇一四年眼前此刻，兩個父親緊緊相擁，互訴那個驚慌失措的晚上，滿心的無助、茫然和徬徨，風開始大聲呼嘯，曾祖父母、祖父母的靈，此刻也彷彿來到了跟前，將父親緊緊擁入懷中，這一家人，終又團聚，而六十年啊！六十年，彷彿好長，又似一瞬。

「回家吧！」父親轉身對我說。我猶豫一下，領悟父親指的是台灣的家，我點點頭，向母親招手，一行人轉往溫州過夜，準備搭翌日下午的飛機返台。

父親的故鄉──大陳島，對我而言，已形同異鄉，但父親的異鄉──台灣，卻已成為我和智強以及我們下一代的家鄉，尤其智強竟能花了近三年的時間，為父母做口述歷史，許多連身為羅家長孫的我都不知道的先祖故事，在智強引導、父母口述下，留下了完整的紀錄。智強的這份心思，令我動容不已。這是一份珍貴的紀錄，不僅僅是羅家家族逐生計而居的遷移史，更是兩岸炎黃子孫因戰爭由合而分的苦難紀實。

對於時代掀起的顛沛，戰爭造成的流離，經過了六十年，似乎船過水平，但盼子孫後代謹記祖先的故土、血脈的出處、家族漂流的歷史，永世不可或忘。

＊本文作者羅智勇先生為羅智強的大哥，筆名陳魚，曾獲文建會小說獎、童話獎，著有小說：《解決》、《愛在月迷津渡時》。

自序

淡然中的永恆光彩

羅智強

小學四年級時，父母親用好不容易存起來的積蓄，在基隆的烏橋頭附近買了一間二十多坪大的新公寓，我們一家人便從基隆流浪頭的平房搬到了烏橋頭的公寓。烏橋頭到流浪頭搭公車要坐十幾站，有一段不小的距離，但父母親可能覺得我已適應了學校的老師和同學，不想讓我重新適應新學校，所以沒有幫我辦轉學，於是小四開始，我常常搭公車通勤。

有時候，在碼頭當裝卸工人的父親如果剛好排班在下午，下工時就會騎摩托車到我就讀的中山國小校門口等我，接我回家。

有一天放學時，天空飄著霏霏細雨，天色昏暗，一片矇矇昧昧中，我收拾書包走向校門。基隆多丘陵，許多學校都是傍山而建，中山國小也是，我常走的學校後門並不是直接連結馬路，得要爬一段陡長的階梯。

一出校門，準備下階梯時，就看見一個清癯的中年人，正從階梯的底端向上走，他一看到我就立刻轉身，走向停在坡邊的摩托車。

我愣了一下，打量著這個背向我的中年人，手上拎著碼頭工人的膠盔，灰灰藍藍的工作服上沾滿了汙黑的粉屑，頭髮被毛毛雨微微打濕，間雜著銀灰白髮。拖著看起來疲憊不堪的步伐，身形略顯佝僂。

「那是父親嗎？」一個疑惑閃過心頭，身形是父親的、摩托車也是父親的，但那滿身的髒汙與疲憊不是我熟悉的父親，還有，那間雜的白髮，父親何時有了這麼多的白髮？

中年人坐上了摩托車，然後又回過頭看著我，我這才確定那是父親，趕忙走下長長的階梯，坐上摩托車，雙手扣著父親的腰，讓父親載著我回家。坐在後頭的我一言不發，難過心疼著，覺得父親很辛苦。

不知道，每當在童年記憶裡搜尋父親的模樣，那一幕細雨中的父親背影，就會浮上心頭。那背影太過鮮明，鮮明到讓我幾乎記不起父親年輕時的其他模樣。

有一次，一位朋友問我，覺得自己小時候過得辛苦嗎？

我沉吟了一會，答道：「小時候家裡窮，但奇怪的是，小時候的我從沒有意識到自己是窮人家的小孩。」

我想，一方面是因為中山國小的學生，父親們大多是碼頭工人或做著其他勞務工作，家庭環境差不多，也就沒有感覺到誰家特別有錢或特別窮。

另一方面，我的父母親是以孩子為人生中心的父母親，什麼事都以孩子為優先。所謂的「苦日子」，說起來，也只苦到他們，並沒有苦到孩子，從小到大，吃飽穿暖，父母親沒讓孩子們挨過一天餓、受過一天凍。

也許，父親的雨中背影在我的心裡種下什麼了吧。我一直有個念頭，想把父母親從大陳島還來台灣，然後在基隆定居的故事寫下來。但這個念頭卻始終只是個念頭，大約三年前，我終於「著手」實行這個念頭，挑了一天回家訪問父親，之後又陸續訪了幾次父親，也做了一些筆記。但卻一直沒有辦法真正的下筆把父親的故事化為文章。

直到兩年多前，我向《幼獅文藝》的主編吳鈞堯兄，提到我的想法，他說，不要想了，就直接做吧，來《幼獅文藝》開一個專欄固定的寫，有稿壓在，念頭就不會只是念頭，想法就會變成一篇篇的文章。果然，深埋在父母親記憶深處的種種故事，因著兩年前在《幼獅文藝》開的專欄「大陳島的海」，一段一段的從父母親的口中說出，一句一句在我的筆尖記下。

有一次鈞堯甚至笑著說：「你這專欄，是我看過寫得最輕鬆的專欄。」

「怎麼說呢？」我問。

「因為，你簡直是把令尊令堂的話轉錄成逐字稿就可以交稿了！」

想想也是，特別是訪問父親時，我發現，父親說起往事，生動活潑、條理分明，幾乎不需要太多的雕琢，就可以成為一篇篇的文章。

從父母親口中整理家族歷史的這件事，對我實在太重要太重要了，方方面面都是。

記得，有一次應邀演講，正在幫父母親寫口述歷史的我，問台下一位還在大學讀書的年輕聽眾：「你覺得你了解你的父親嗎？」

他答道，算了解吧。我接著問，那你知道，令尊童年時最快樂的一件事是什麼？他愣了一下，搖搖頭，不知道。

接著我轉頭問另一位女生，妳知道妳的令堂小時候最讓她挫折的事是什麼？她也搖了搖頭。

你的父親覺得他最有成就感的事是什麼？最傷心的事？最喜歡的地方？……

我接著回頭問我第一個問的那位大學生，你還覺得你了解你的父親嗎？

他答道：「好像，沒有我想像的了解！」

我也曾經認為我當然了解我的父母。我是他們的兒子耶！怎麼會不了解他們？但這三年，為父母親進行口述歷史，還原家族過往的點滴，重新認識父親和母親。才發現，我的了解，是我自認為的了解，父母親的人生裡，有太多精采而深刻的故事，我都不知道。

我從來不知道，父親剛出生時，曾祖母和祖母怕海盜擄走他，把父親抱進山裡避禍的故事；我從來不知道，父親小時候曾經在海上遇到日本兵，當時被大陳人視為嗜血惡魔的日本兵，竟會送父親一大塊麥芽糖；我一直以為在我心目中嚴肅寡言的爺爺沒讀過書、之無不識，直到爺爺過世近三十年，訪問父親後才知道，爺爺不但是操帆技術高超的船長，也是當時大陳島上極少數讀過書、識得字的人，愛說故事的他，還是在鄉里間深受喜愛的說書人。我忽然意識到，原來自己愛寫故事、我的女兒愛說故事，是因為我們都流著說書人的血，那是隱在我們家族血液中的一條河，就這麼默默的、不知不覺的、一代一代的傳承下去。

這一切的一切，差一點就會成為無解的謎，不只「答案」會被永遠遺忘，連

「問題」都會被時間湮沒。

還好，我終於提起了筆，終於保存了這對別人來說或許平凡，但對我們來說卻萬分珍異的家族故事。

另外，這也是一本從微觀故事出發的大陳歷史。就像落在大河上的一片落葉，是要從宏觀的視點去描寫大河的蜿蜒，還是要從小葉的視點，去描述它的漂浪？這本書選擇了小葉的視角，借用父母親的眼睛，去看見一個時代的故事。時代本身就是由故事組成的，而偉大則是渺小的合體。以渺小為起點的歷史往往更真實、更深刻。

我也想過，用一種依時序進行的傳記方式來寫父母親的故事，從生到老，或反過來從老到生，或用一些小說的跳敘手法，從年輕跳接到年少，再從年少書寫到年老……。但我最後決定用一種和以往的傳記敘事不同的方式，以圍繞在父母親身旁的事件為軸心，環著這個軸，一點一點地鋪陳屬於父母親個人、也屬於父母親那個時代的點點滴滴。

可以這麼說，這本書的各個篇章，單篇單篇的自成獨立的一文，每一篇文章，都可以當成父母親人生的快速掃描；反覆地快轉、倒帶、再快轉！從這樣的重複裡，不斷地重新組構，父母親以及和他同一時代、同一處境、同一階層的人，所擁有的共同精神。

最後，在這兩年多的採訪過程中，自己得到了很大的啟發。在採訪父母的過程中，聽父母親細細數說他們人生中走過的辛酸、遭遇的凶險、經歷的困難，這一切不容易，在他們的口中卻顯得那樣的雲淡風輕，我常想，就是這一份淡然，支持著父母親走過艱難的風雨歲月吧。

我想到法國作家妙莉葉．芭貝里（Muriel Barbery），在《刺蝟的優雅》一書裡的一段話：「在生命的潮汐起落中觀賞永恆。」

從父母親的那份淡然中，我看見永恆的光彩。

第*1*章　女人的名字

我的父親叫「羅阿玉」。

一般聽到「羅阿玉」這個名字，都會以為「羅阿玉」是位女性，其實依我們大陳人的取名習慣，「玉」是中性的字，在浙江大陳島上的男孩或女孩，以「玉」為名是很普通的事。

然而，父親一開始的名字並不是「羅阿玉」，他叫「羅夏玉」。

父親是家中的長子，初出生時正值大陳島美麗的夏季，在這面積約九平方公里的上大陳島上，海天一線，色如碧璽，祖父很高興家裡終於有了第一個男丁，羅家的香火有傳了，於是祖父認定這個在夏天出生的長子，是上天給他的一塊寶玉，便為父親取名為「羅夏玉」。

為什麼「夏玉」會變成「阿玉」呢？這中間又有一番波折。

父親還在大陳島讀小學時，校長聽父親報告自己的名字叫「羅夏玉」，因為大陳話裡的「夏」與「何」是同音（發音接近我們在遇有疑問時，發出「哦」的聲音），校長也沒深究，逕自把父親的名字登錄成「羅何玉」。

因為祖父母也覺無所謂，而年幼的父親更不懂「夏」被寫成了「何」有什麼差別，反正在大陳話裡這二個字念起來都一樣，在那個物質極度匱乏的年代，大陳島上的孩子，只要有二餐的飽飯，能正常地到學校上學，就是上天莫大的恩寵了。

所以「羅夏玉」變成了「羅何玉」，在當時父親年幼的小腦袋瓜裡，是完全不用在乎的問題。

不過說來有趣，談到這一段往事時，我的母親蔣夏蘭卻堅持，那時候的校長是把「夏玉」登錄成「荷玉」，而不是「何玉」，母親告訴我，當時在大陳島上，父母們喜歡以季節配上花卉為孩子命名，譬如「春蘭」、「夏荷」、「秋菊」、「冬梅」，這是大陳人普遍流行的命名法。

就像母親的名字就叫「夏蘭」，那是因為母親也在夏天出生，而外婆喜歡蘭花；父親最小的妹妹，也就是我的小姑姑名字叫做「春花」，也是季節配上花而命名的。

「你年紀大了，記性變差了啦！校長用的是荷花的『荷』，不是為何的『何』。」母親調侃父親說。

「那是我的名字耶！不是妳的名字，我的名字是什麼，我自己會不知道？妳會比我清楚嗎？」父親不甘示弱地反駁，倆老忽然就拌起嘴來。

其實不管是「荷」還是「何」，最後都沒有留在父親的身分證上。

一九五〇年五月，中國解放軍拿下浙江沿海的舟山群島和台山列島之後，經過五年的部署，一九五五年一月十八日，開始對大陳島北方的屏障一江山發動猛烈攻擊，三日後，國軍在一江山的指揮官王生明將軍壯烈殉國，一千餘名的國軍官兵，悉數被殲或被俘。

中國解放軍攻占一江山後，開始對八海浬外的大陳島展開猛烈的砲擊與空襲，為大陳島的登陸作戰做前置準備，而失去一江山屏障的大陳島，又在中國解放軍取得絕對的制空權之下，遠在二百三十海里之外的台灣本島，要對大陳島上一萬八千多名的軍民，實施各項戰備物資的運補，簡直比登天還難，國民政府當下決定將大陳列島軍民全數撤遷到台灣。

當時十七歲的父親隨著祖父母全家，遵從國軍的指揮，帶了簡便的家當，準備從大陳島撤離。對於所有撤離的島民，政府一一發給了「撤離證」，但在兵荒馬亂的過程中，負責製證的人員，卻把「羅何玉」誤記成了「羅阿玉」，把「何」寫成「阿」，實可謂「錯把馮京當馬涼」的現代版了。單從這一段往事，似乎也可以推測，父親說校長把他的名字寫成

「何」的這個版本比較合邏輯。因為把「何」看成「阿」的可能性，顯然大過於把「荷」看成「阿」了。

這個被第二次誤記的名字「羅阿玉」，從此成為父親身分證、退伍令、戶口名簿、銀行存摺以及我身分證的父親欄位上，永遠的註記，「羅阿玉」成為父親法律上的名字，從十七歲青春年少至今七十七歲的垂暮之年，歲月流金，倏忽已過了一個甲子。

從「夏玉」、「何玉」變成「阿玉」，父親的人生，彷彿也被這三個名字區隔成三段年代，從純真童年的「夏玉」，到顛沛流離的「何玉」，最後以「阿玉」為名，漂流到了台灣，展開他全新的人生。

「阿玉就阿玉，不過就是個名字，沒什麼關係。」當時父親的心裡是這麼想，因為來到台灣後，相對於大陳島朝不保夕的日子，能夠活著已屬萬幸。

父親曾經聽聞在大陳島上朋友的母親，被登島掠奪物資的日軍，以戲謔的方式擊斃；也曾聽祖父說起出海打魚時遇見海盜，差點被殺害的故事；在一江山戰役前後，有些親友在中國解放軍的猛烈砲火轟炸之下，更淪為慘酷戰爭年代裡的冤魂，只要能盡快逃離那無時不被死亡陰影纏繞的小島，健康而自由地活著，名字改成什麼，都不重要了。

只是父親哪裡想到，這個一開始被他認為「沒什麼關係」的名字，後來對他一生的生活，還是造成相當程度的困擾。因為「阿玉」，在台灣的命名習俗上，是個十足女性化的名字，以至於父親從年輕到老，一直都被不認識他的人搞錯性別，不管是政府寄來的通知書與公函、賣場寄來的廣告信、學校寄給父親有關我的在學狀況，收件人總是寫著「羅阿玉小姐收」或「羅阿玉女士收」。

我問父親，是什麼時候開始對這個名字感到困擾呢？

父親回憶道：「我來台灣，第一次去診所看病，護士叫到我時，高喊『羅阿玉小姐』，那是我第一次聽到有人因為我的名字，誤以為我是女人，我覺得好尷尬，不曉得該不該站起來？後來我走進診間時，醫生一臉疑惑地問我：『你就是羅阿玉？』一旁的護士在竊笑，當時我心裡就覺得更不是滋味。」

隨著父親年紀漸長，不論他到任何機關辦文件、銀行存提款、新工作報到，甚至學校的懇親會，不認識他的人只要唱到他名字，或看到他名字，都會現出迷惘的神色，或者引起旁人的訕笑，父親的個性木訥，於是好長一段時間，父親都會感到羞恥。

其實我在讀大學時，也曾因父親的名字，發生一件趣事。

有天，班上一位女同學忽然對我說：「我一直以為你是私生子呢！」

「私生子？為什麼妳會以為我是私生子？」我不解地問。

「因為我在整理同學的資料時，看到你在家長欄裡填了『羅阿玉』。我以為你填的是母親的名字，而且你還從母姓，所以一直以來，我都認定你是私生子，直到有一次，我看到你爸爸來學校看你，才知道我搞錯了。」

「難怪妳對我特別的好，原來妳是基於同情心噢！」我哈哈大笑。

問起父親有沒有想過改名字？

父親想了想：「不是沒想過，老是被別人當成女人，引起一些異樣的眼光，怎麼說也會覺得奇怪。但一來時間久了，就習慣了；二來，想到改名字就覺得麻煩，所有的證件都要去換，想到就很累；三來，其實大陳老鄉裡，名字比我更糟糕的，也大有人在。」

父親舉了很多大陳同鄉親友的例子。

有一位老鄉被取名為小狗，來台後，身分證上就是登記為「小狗」，這名字也跟了他一輩子。這位老鄉之所以被叫做「小狗」，是因為在那個重男輕女的時代，大陳島上有些人家好不容易生了兒子，但害怕引起老天的嫉妒，令寶貝兒子遭到不測，就故意取一個特難聽的名字，以避天妒。

「為什麼祖父就敢取『夏玉』這名字，不怕遭老天嫉妒呢？」我問父親。

父親自己也不明白，他猜想也許是祖父比較不迷信，加上羅家第一個男丁出世，欣喜之餘，也就沒想那麼多了吧！

父親接著舉了另一個他的表哥，也就是我表伯的例子。

表伯被取名為「五妹」，那是因為表伯也是他家第一個男丁，上頭有四個姊姊，表伯一出生，家裡非常開心，終於有兒子可以傳宗接代了，繼而又想，擔心這得來不易的兒子會被老天無情地奪走，於是就用「五妹」這個女性化的名字，想要矇騙老天的法眼，祈求兒子一生平安。

「還有一點，就是他們家生的四個姊姊都健康平安，所以把他的名字取做『五妹』，也有希望他和姊姊們一樣平安長大的意思。」母親在一旁補充道。

說來也是，畢竟在那窮困荒僻的大陳島上，孩子能平安長大，對父母而言，已經是最奢侈的幸福。

「小狗」與「五妹」的名字還算有邏輯，有些名字就真的不知道為什麼這樣取。例如，父親有一個朋友叫做「奶奶」，還有一個朋友叫做「小奶」，這二位都是男性，他們剛開始也都覺得沒關係而沒去改名，來台灣後，才漸漸體會這樣的名字帶給他們生活許多的困擾，但大陳人天性吃苦耐勞，隨遇而安，隨著年事已高，這些長輩也和父親一樣，終於因為日久而習慣，不明就裡的周遭朋友，也跟著見怪不怪，於是這些奇特的名字，就這麼伴隨了他們的一生。

「其實，除了會讓陌生人叫我『小姐』外，也沒其他感到特別麻煩的地方。而且，大陳同鄉、親戚們還是用大陳話裡的『夏玉』喊我的名字。想想，也真的沒什麼好在意的，畢竟都幾十年了。」父親平淡地說：「不過，倒有一件事，和我的名字有關係，那就是你哥和你的名字。」

由於父親覺得自己有一個在台灣被誤認成女性化的名字，帶給他生活的困擾，於是當我哥哥出生時，他花了很多時間，用他僅有的小學學識，絞破腦汁地替哥哥想名字。

「我真的想了好久，最後決定把你哥的名字取做『智勇』。」父親對他想出的這個名字，感到非常得意。

相較於「阿玉」這個女性化的名字，「智勇」則是百分之百男性化的命名，而我叫做「智強」，顯然也是父親在同樣的思維下命名的。

母親接著說道：「我懷的第三胎是女生，那時還不知她性別時，你爸本來打算如果生的還是男孩，就要取名為『智剛』呢！」

勇、強、剛，如果父親再生第四胎還是男生的話，說不定會叫他「智猛」吧！

這種命名的心理投射，反映了父親在他人生艱辛的歷程中，非常單純的願望，他希望他的孩子從名字開始，展開平順的一生，但造就這個結果的背景，卻是中國近代史上，從抗戰、國共內戰到國民政府遷台，那個人命如草芥的悲慘年代中，不斷被戰亂的巨輪輾過而倖存下來的小老百姓，心底最卑微的祈望。

「那媽您呢？怎麼看待妳的老公，有一個這麼女性化的名字？」我問母親。

母親想了想，帶著一種悠遠的微笑說道：「名字叫得順口，家人又一路平安，就是個有福氣的名字了。」

第2章　七日風

在一九四九年前的大陳島，生孩子對女人而言，是件性命交關的事，這個坐落在浙江東南五十二公里東海海上的偏荒小島，連專門幫人接生的接生婆都沒有，婦女因難產或分娩時，沒處理好而往生的憾事，時有所聞。

「那個時候，有人家要生孩子時，就請鄰居裡有生產經驗的婦女來家裡幫忙接生，這次妳幫我，下次我幫妳。」父親說道。

聞言使我不禁想像，當婦女分娩過程中，若遇到子宮收縮機能不全、骨盆腔狹窄、胎位不正、胎兒過大，甚或羊水栓塞、臍繞頸時，這些幫忙接生卻毫無醫學知識的婦女，會遭遇多麼驚險的生產過程。

婦女難產是一道關卡，初生的嬰兒還要面臨下一道難關，在大陳島上還有一種好發於新生嬰兒身上的莫名病症，初期是發燒、頸部僵硬，進而全身肌肉僵直、痙攣，最後往往在七天內死亡，而且感染此怪病嬰兒的死亡率竟高達百分之五十。

在這個幾乎沒有醫療資源可言的大陳島上，世居的島民，自然也沒有足夠的醫療知識去了解，這樣的疾病究竟是什麼原因造成的？為什麼這些可憐的小嬰兒，會像受到詛咒一般，在出生的七天內就離開人世？

在無奈與恐懼下，大陳人把這種發生在初生兒身上，無從防範也無藥可治的可怕病症，稱之為：七日風。

一九四九年國民政府在大陸全面失守，被迫撤遷到台灣，僅剩東南沿海的島嶼，包括大陳島在內，還在國軍掌控之中，於是因緣際會的，大陳島成為國軍牽制與突襲共軍的前哨基地。一九五一年，胡宗南將軍以秦東昌的化名，出任「浙江反共救國軍總指揮」兼浙江省主席，進駐大陳島，在胡宗南的極力奔走、向台灣方面努力爭取資源下，這時包括醫療教育在內的各項資源才開始源源湧入，此後，大陳島的居民終於知道，這個好發在初生嬰兒身上的疾病叫做「破傷風」。

「我上頭原本有三個姊姊，其中有二個就是得七日風死的。」父親以一種無奈的語氣說著。

母親接著說：「那時候根本不知道為什麼會有這樣的病，直到國軍來了之後，大家才明白，家鄉小娃娃出生時，老鄉們會用家裡剪裁布料的大剪刀，去剪斷臍帶，而這些使用多年，甚至家傳幾代的剪刀，幾乎每把都鏽蝕斑斑，這麼一剪，細菌自然就跑進了嬰兒的身體裡，小嬰兒抵抗力弱，當然很容易發病死了。」

但僅僅此一對現代人而言，是再平常不過的醫學觀念，卻在當時民智未開，資訊匱乏的年代，白白令幾代的初生兒枉死剪下。

其實何止是威脅嬰兒的七日風呢？在大陳島上，生了任何的病，倘若沒能自然痊癒，也只能聽天由命。

母親的祖父，也是我的曾外祖父，正是在農田耕作時，忽然腹痛如絞，他極力忍痛，想走回家裡歇息，結果在半路上就倒地不起，撒手人寰。曾外祖父得的是一種在大陳島被稱為『痳沙』的病（發音接近『摩梭』），在當時也是不治之症，從沒有人知道發病的原因，因此無從預防，更不知道怎麼治療。

「發作起來很快，一兩天甚至幾個小時就會要了人命，大家都很怕這種病，一旦遇到了，也沒辦法，因為發病前一點症狀都沒有，就是忽然劇痛，然後就死了。」父親說。

同樣的，也是直到國軍軍隊進駐大陳島之後，這才明白居民們聞之色變的「痳沙」，就是急性闌尾炎（又稱急性盲腸炎），這是因闌尾發炎所引起的，若不及時治療，會導致腹膜炎、門靜脈炎和感染性休克，而唯一治療的方法，就是動手術切除闌尾，否則就會危及生命。但在國軍進駐之前的大陳島，連個接生婆都沒有，「動手術」這種事更是天方夜譚。

「難道整個大陳島上連一個醫生都沒有嗎？」我問。

父親思索了一下說道：「就我的印象中，在國軍來之前，我沒有印象在上大陳有醫生，但在下大陳倒是有個土醫生，也就是長年土法看診、久診成醫的中醫師父，聽說技術還不錯，特別是會治一些跌打損傷，我的姨媽有一次手臂骨折，就搭船到下大陳去給這個土醫生看，他三兩下就把姨媽的斷骨接好，還滿厲害的。」

其實大陳島是一列群島的統稱，主島有二，分為上、下大陳二個島嶼，上大陳島比較大，大約九平方公里，下大陳島比較小，大約六平方公里左右，二大島僅一水之隔，主島的北方有漁山島、頭門島、一江山；南方有竹嶼、披山、南麂等島，而下大陳島是行政和商業中心，舉凡藥鋪、餐飲、五金、雜貨等各行業，都聚集在下大陳，一九五二年國民政府還在下大陳設置「大陳物資供應總社」，專事全大陳地區各行各業向台灣採購物資以及運銷海產，而當時的父親家、母親家是住在上大陳島，相關的民生物資，都必須去下大陳島採購。

「不只是像七日風或者是痲沙這種病，得了就會要人命，甚至連牙痛都可能致命。那時候，一旦牙痛，也是束手無策啊，除非把牙齒拔了，否則真的會痛死人的。」父親補充說道。

父親雖並沒有具體舉例有誰因牙痛痛死的，倒是附帶生動地形容了在大陳島上，長輩幫小孩子拔牙的方法。

如果小孩子要換牙，或者牙齒壞了要拔掉的話，大陳人會用一根細線綁住小孩子的牙根，先扯動線頭去搖晃牙根，把牙齒搖鬆了，然後找個話題分散小朋友的注意力，例如要孩子看看大人拉線的樣子，是不是像放風箏一樣？此時，會乘小孩不備，一掌擊向孩子的額頭，同時用力將綁著牙根的線頭向外一扯，利用瞬間一推一拉力道，壞掉的牙齒就應聲拔起。

父親有四個弟弟，據父親說，弟弟們的乳牙或蛀牙，幾乎都是身為長子的父親幫他們拔的。

我不禁想起自己兒時，父親也曾用這種方式幫我拔過牙，整個過程只感到驚險，並無太疼痛的記憶，反而是現在的牙醫診所，躺在狹窄的診椅上，任由戴著口罩的醫師，要你張大嘴，用冰冷的器械在嘴裡穿鑿，反而令人有不寒而慄的感覺。而且父親還會將我拔下的乳牙扔在我的床底下，以確保我的新牙健康地長出來，想來，這也算是大陳人的一種習俗了。

其實那時候的大陳島人，根本沒有刷牙的觀念，更沒有牙膏、牙刷這些屬於文明世界的東西，稍微講究一點的居民，頂多就是用鹽水漱漱口，絕大多數的人毫無清潔牙齒的習慣，小朋友普遍都有齲齒的問題，等年紀漸長之後，牙齒自然更容易出狀況。

「完全沒有任何止痛的方法嗎？」我問父親。

父親仔細思索後，像想起了什麼似的說道：「嗯，在我很小的時候，當時確實有種東西可以用來止痛。」

原來在國軍來之前的大陳島上，除了一般的農作物外，也有居民在種植罌粟，將罌粟未成熟蒴果割傷其果皮後，滲出的白色乳汁乾燥凝固後再做加工，就可以製成鴉片。早期在大陳島，鴉片並非違禁品，吸食鴉片在某種程度上，還成為居民的社交活動，會彼此邀約相請，甚至也有居民把鴉片當成高獲益的交易商品，拿到大陸販賣謀利。

當時的大陳島幾乎處於無政府的三不管地帶，但是種罌粟仍要被「抽稅」的，只不過這「稅金」並不是交給政府，而是交給當時被稱為「土地頭」的海盜。土地頭會在種罌粟的地上插個牌子，表示那是他的地盤，受他保護的區域，任誰都不得侵犯。但也只有種罌粟要繳保護費，種其他的農作物，海盜也懶得理會，那是因為大陳島的土地貧瘠，農作所得，居民連自家溫飽都難。

「真遇到什麼病，痛起來要人命時，有些人就會用鴉片止痛。」在這樣的時空環境下，父親想起，居民會用鴉片來舒緩疼痛。但是一九五〇年國軍進駐大陳島後，嚴格查禁鴉片，違禁者還會被判刑，送到台灣監禁，這才徹底杜絕島民吸食鴉片的風氣。

實則大陳島的醫療狀況，當國軍在上大陳「半天飛」這個地方設立軍醫所之後，得到大幅改善。軍醫所的醫療服務涵蓋全島的軍民，讓過去幾代居民的不治之症，如「七日風」、「痲沙」、婦女難產等，以及感冒、牙痛、眼疾、皮膚病等等，都得到了預防的觀念和治療的方式。

比方說，因為島上的生活條件太差，飲食衛生觀念欠缺，而食無定時，甚至三餐不繼、營養失調者，大有人在，因此很多人都有胃痛的症狀，一旦發作起來，指天咒地、哭爺喊娘的都有。我的祖母梁翠英，在年輕時就有嚴重的胃痛，每次發作起來，甚至痛到在地上打滾，但家人卻無計可施，直到軍醫所設立後，祖母經過醫師的診斷治療，並定時服用胃藥後，才得到緩解。

雖然軍醫所的設立，讓大陳島的醫療品質，有了極大的改善，但父親似乎對當時軍醫所醫師的開刀技術，持相當保留的態度。原來，在大陳撤退前，我的祖父羅啟明因痔瘡去軍醫所開刀，結果術後的傷口一直無法癒合，反覆感染發炎，疼痛難忍，只能趴躺在床上動彈不得，連大陳島撤退時，祖父還是被用擔架抬上軍艦的，術前術後整整折騰了一年多，這才終於痊癒。

過去島上的醫療條件極差，生活艱辛，絕大多數居民，男人出海打魚，婦孺在家墾耕植作，一年到頭，無日休息，才能勉強維持溫飽，長年經受風吹、日曬、雨淋，加上各種不知名的病症纏身，人老得非常快，壽命也不長。

「在大陳島，五十歲就被稱為老頭子，活到六十歲就算夠本了。七、八十歲的人可以算是少之又少了呢！」父親說。

「爸，可是您現在都七十五歲了耶！您看您的身體還這麼的好。」我笑著奉承父親。

「對啊！像我現在七十五歲，在我們大陳島，已經算人瑞了哪！」父親哈哈大笑，清癯但紅潤的臉上，洋溢著如童顏般的光彩。

第3章 孃孃

孃孃，是大陳人對奶奶的暱稱。

六月的黃昏，太陽像染了血似的向西邊緩緩落下，霞光激射，也染紅了海面和天空。站在島的懸崖上，傾聽拍岸的浪濤，望向壯闊的日落海景，人的心靈總能感到無比的澄清與寧靜。

但此刻，曾讓年少的父親無限眷戀的海景，再也無法吸引父親的目光，從附設在廟宇的小學學堂，往家裡的羊腸小徑上，父親拚了命地跑，他要用此生最快的速度奔回家裡，完全不顧長在小路兩旁茂盛的芒草，割傷了他的手臂，崎嶇路面的碎石子，刺破了他飛奔的赤足，迎面呼嘯而來的風，揚起一片片的黃塵，父親額頭流下的汗珠與眼眶淌下的淚水，在滑過臉頰後，被強勁的海風向後吹走。

「這怎麼可能？孃孃大清早出門前，還聲聲催促我趕快起床，上學不要遲到啊！來學校報信的表哥會不會搞錯了？」父親邊跑邊想，內心不斷吶喊著：「不可能！不可能！」

父親終於跑到家門前，門外已經聚集十幾個親戚，彼此交頭接耳的細聲議論，臉上盡是哀悽的神情。家門裡不斷傳出一陣又一陣的嚎哭，父親一陣悲痛，心裡明白他表哥傳來的口信無誤，父親的祖母，也就是我的曾祖母羅李氏過世了。

門外的親戚看見身為羅家長孫的父親回來了，聲聲催促父親趕快進門，父親卻覺雙腳如有千斤之重，怎麼也提不起腿來跨過家門的門檻，腦裡盤旋的，盡是父親和他的孃孃羅李氏十三年的祖孫情緣。

那一年，父親十三歲，西元一九五一年夏。

我們羅家在浙江省溫嶺縣留有一些田產，所以每年，曾祖母會從大陳島搭船渡海去溫嶺收二次田租，順便採買一些生活物資回大陳島。每回她老人家去大陸收田租時，曾祖母會在她小女兒的溫嶺縣家中，也就是父親的小姑姑家住上二、三天，父親小姑姑的夫家是在縣城開藥房的，也算是地方的望族，所以直到大陳島撤退，島上的居民幾乎全部跟隨國軍撤遷來台，只有父親的小姑姑一家留在浙江溫嶺，成為羅家唯一留在大陸的親戚。

不過，這一次曾祖母出門，並不是到大陸去收田租，而是去大陸採買自己往生後的壽衣和香燭紙錢，要替自己的身後事預作準備。這是大陳人的傳統習俗，老人家到了一定的歲數之後，會預先打點自己的後事，尋風水地造墓、挑副適宜的棺材、買好合身的壽衣、備妥往生後的香燭紙錢，甚至有些環境較好的人家，會有「燒庫房」的禮俗，也就是在生前為自己準備一些紙紮的樓房、金銀紙錢摺成的金山銀山，燒給未來死後的自己，等於預先在陰世幫自己打點好所有的用度，一旦往生後，就可以直接進住，不用空等在世的子孫燒這些東西來。

我因為從小耳濡目染，十分理解這些大陳老一輩人的心態，這些長輩們過去在貧瘠的大陳荒島，窮盡畢生之力，孜孜勤勤地撫育後代，連自己的身後事，都盡可能在自己生前安排好，避免後代子孫辛苦持家之餘，還要費心長輩的喪事，成了蠟燭二頭燒。

父親還記得，曾祖母特地在前一日賣了一頭家裡養了好久的肥豬，是日清晨，曾祖母穿上一襲青衣，將長髮梳得油亮油亮，在後腦盤成包頭，插上一根銀製的髮簪，在目送父親上學後，帶著賣豬的錢及簡單的行李，踩著三寸小腳，隻身去碼頭搭船，孰知船才從碼頭出發，一個大浪來襲，打翻了船，當時的船隻，是靠風力驅動的單帆船，因此掌舢的船夫必須熟悉海象，技術純熟，否則稍一不慎，船就會被風吹翻或被浪打翻。這次的船難，包括曾祖母在內，有好幾個人同時罹難。

「我經常回想，也許孃孃在冥冥之間，已經感應到那天會出事了。」父親的眼神迷濛，以一種穿越時空的滄桑口吻，回憶著曾祖母發生船難的那一天情景。

父親是兒孫中最受曾祖母疼愛的，父親記得，前一次曾祖母去溫嶺收田租時，還刻意帶了父親一塊前往，那是父親第一次進溫嶺縣城，繁華的街景，喧鬧的人群，排排店鋪陳列著琳瑯滿目的商品，各式各樣的小吃零食，令父親目不暇給，相對於荒僻窮困的大陳島，如有天壤之別。因此這次父親聽說曾祖母又要去溫嶺，說什麼也要再跟去縣城玩。

說也奇怪，平日對父親百依百從的曾祖母，這回無論父親怎麼死纏活求，就是鐵了心不肯答應，原本父親還想賴著不上學，準備耍賴跟著曾祖母，最後還是被曾祖母勸去上學了。

「我想她當時就有不祥的預感吧！如果那天她心軟，讓我跟了她走，也許我也淹死了，就沒有現在的你了。」父親說。

其實父親自小就覺得曾祖母有一種奇特的魔力，只要依偎在曾祖母的懷裡，就會感受到無比的寧定與祥和，彷彿人世間所有的風雨飄搖，都瞬間遠離了。

曾祖母的身材高大，但就像那個年代所有的婦女一樣，從小纏足，然而她卻不像其他纏足的婦女，走路搖搖晃晃，好像隨時會跌倒似的；相反的，曾祖母雖然足如金蓮，走起路來卻健步如飛，不輸給一般的莊稼漢。

「在我印象中，孃孃的身體非常健康，從沒見她生過什麼病，由於你的曾祖父在我三、四歲時就病故了，十幾年來收田租的工作，都是由孃孃一個人負責，每次到大陸去收租，在當時欠缺陸路交通工具的城鄉之間，孃孃一個女人家，就靠兩條腿徒步去放租的祖田收租，在各地往返之間，往往得走上好幾天，但是她甘之如飴，從不以為苦。」父親回憶說。

自從曾祖父過世之後，曾祖母成為家族名符其實的一家之主，她就像總司令一樣，負責整個家族人力物資的調度，除了收田租以外，舉凡煮飯、洗衣、打掃庭除，曾祖母全都一手包辦。另外家人的鞋子、衣服也大都是曾祖母親手縫製的，其他的還包括打麥、炊米、釀酒、醃魚、做大陳年糕等等，曾祖母樣樣精通，尤其曾祖母的生意頭腦，更勝男人，她會把收穫的農作物以及我祖父出海捕獲的漁產，拿到市場賣得不錯的價錢，貼補家用，當時家裡還請了一個傭人、三個長工幫忙農事及家務，以當時大陳島的經濟水平而言，在曾祖母持家的那些年，羅家可說是當地頗為興旺的家族。

曾祖母膝下原本有二個兒子，長子就是我的祖父羅啟明，而次子卻在十幾歲時被海盜擄走勒贖，雖然曾祖母拿了很多錢贖回，但因為被關押了十多天，遭到凌虐拷打，受了嚴重的內傷，返家沒多久就過世了。因此我的祖父就成了曾祖母的獨子，於是當父親出世之時，曾祖母對這個羅家的長孫，可謂疼愛到骨子裡頭。

「孃孃她對你的祖父非常嚴厲，對於孃孃的話，你祖父從來不敢有半點違逆，但對我卻是百依百順、萬分寵愛。」父親說。

在當時的大陳島上，毫無娛樂設施或休閒場所，頂多三五好友聚在一處打打麻將，據父親說，祖父他尤好此道，打到興起，常常徹夜不歸，以致延誤出海打魚的時間，曾祖母對此非常不滿，經常為此將祖父罵到狗血淋頭。有次曾祖母又發現祖父趁天黑偷溜出門，猜想祖父肯定又去打麻將了，索性拉了父親、帶根棍子，去祖父的朋友家震天價響地敲門。

「當時孃孃氣急敗壞地痛罵你祖父，還差點當著眾人的面前，掄起棍子打你祖父，一點面子也不給，幸虧被眾人攔下，才沒鬧成笑話。當時你祖父猛低著頭，一動也不敢動，連大氣也不敢喘，我站在一旁，更是嚇得要死。」父親說。

但是曾祖母嚴厲的那面，卻從未在父親身上發作過，哪怕父親調皮搗蛋，惹得祖父看不過去，出聲訓斥時，只要被曾祖母聽到，一定會制止祖父，沒準還會翻舊帳，訓斥祖父一番。在那個父母體罰孩子司空見慣的年代，在父親的記憶中，從小只挨過祖父二次打，那還是曾祖母過世以後發生的。

「孃孃因為是在海上淹死的，依大陳人的習俗，在外地往生的人，大體是不可以搬回家裡的，準確地說，是連村子都不可以進來，擔心會把不幸噩運帶回村裡。」父親說。

於是曾祖母的遺體就被族人移往村外的一塊曠地，搭起簡易的靈堂，請來法師主持法事後，就把曾祖母的遺體抬進她自己早已買好的棺木裡，族親們抬起棺木，披麻戴孝的父親雙手合十，跟在祖父母後面，大家口頌著「南無觀世音菩薩」，一群人魚貫來到曾祖父的墓前，再將曾祖母的棺木，放入曾祖父墓旁早已挖好的墓穴裡安葬。

「孃孃，您就安心地走吧！我會照顧好自己，並且永遠想念您。」從東南颳來的海風，一陣陣吹過曾祖母長眠之地，父親含著眼淚，對著曾祖母的墓碑，在心底默默傾吐最後的話語。

第4章　食豆的海賊

如黑幕似的天際掛著一彎弦月，月光像銀片般灑在幽暗的海面上，一排排細長的白浪輕撲沙岸，潮聲反覆呢喃著只有沙蟹才聽得懂的耳語。東風吹拂，天清雲淡，這原本是個適宜沉睡夢鄉的夜晚，但曾祖母羅李氏和祖母梁翠英這一對婆媳，卻抱著還在襁褓中的父親，瑟縮地躲在一處荒郊的草叢裡。

「海盜今晚會登岸，你們趕快躲好，不要被他們找到！」鄰居三方叔得知海盜要來劫村的消息，趕忙來通報曾祖母，讓祖母抱著才幾個月大的父親，婆媳倆趁夜黑急急跑出村外藏匿。

清末民初的那一段時間，中國幾乎年年都陷在烽火戰事之中。推翻滿清之後，又是軍閥割據，國民革命軍北伐完成，又開始對日抗戰，好不容易打贏了日本，接下來又是國共內戰。既然所謂的「政府」把大部分的力氣都用在了戰爭，中國有許多偏荒的地方，經常處在無政府狀態，也就沒什麼好奇怪的。

很長的一段時間，大陳島，就是這麼一個孤懸在東海上，一個「帝力於我何有哉」的偏僻小島。然而，這種「帝力無有」，反映的並不是《擊壤歌》中那種天下安和、百姓樂利的昇平景象。事實上，幾無政府組織與軍警設防維安的結果，就是島上的人民經常受到海盜的侵擾。

這些海盜不但會在海上劫掠商船，也常常登上大陳島上打家劫舍，甚而趁居民家裡的男人外出、只剩老幼婦孺的時候，闖進家門將人擄走以便勒贖。當他們把人擄走時，常常把肉票吊在大陳島上處處可見的大桑樹上，公開示眾，或以空拳、或以棍棒狠狠毆打。如果家人未能配合支付贖金，就把肉票的耳朵或手指割下，差人送還給家屬，以脅迫家屬屈服。

但這些海盜有時卻又會因各自地盤、利益、派系的糾葛，加上許多海盜是自己大陳人因無以維生而加入的，與島上居民仍存有親屬朋友的關係，久而久之，這些海盜幫派也會適時扮演起類政府組織的角色，避免殺雞取卵，以確保自身穩定的經濟來源。

大陳島在過去是中國浙江第二大漁場，島礁周遭黑鯛、石斑、海蜇、黑魚、黃魚、鰻魚等，魚種繁多，海產豐富，可以說終年不絕，但土地不宜耕作，如地瓜、小麥等收成，往往不足支應全家三個月的糧食，因此一般的居民主要的經濟活動，就是打魚為業，像曾祖父羅洪亮、祖父羅啟明，也都會在不同的漁汛期出海打魚。然而，出海打魚，除了要面對來自於天的不測風雲，經常也要面對來自於人的旦夕禍福，因此在海上遭遇海盜劫掠漁船，已是家常便飯之事。

漸漸的，漁民為了確保平安，而海盜為了有穩定的經濟來源，彼此間慢慢形成了一種付保護費的潛規則。漁民平常向海盜支付保護費，出海時就可以帶著海盜給的一種叫做「滬」的竹牌子，那是一種打魚的許可證，萬一遇上海盜時，漁民可以拿出竹牌子要求海盜離開。但如果沒有竹牌子，或者遇到不同派系的海盜，對方不承認其他海盜所發的「滬」，那麼在海上遭遇了，不但漁獲可能全部被海盜洗劫一空，最後連命都可能保不住。

海盜船一般都是雙桅與三桅的大帆船，並配置強大軍火武力，一般漁民的舢舨或單桅漁船根本跑不過，遇上了只能任由宰割。有一次祖父羅啟明出海打魚時，就遇到不同集團海盜的劫掠，他心想這下命將休矣！沒想到海盜登船後，其中一個海盜竟是曾被祖父聘雇在家中幹活的長工，祖父平日對他甚為照顧，他一見到祖父，立刻大喊：「他是我的恩人，這條船不准動！」

當時的祖父怎麼也沒想到，過去基於善心而特別照顧的長工，後來竟成為海盜，又這麼巧的在海上遭遇，所幸對方惦記著舊日情分，這才幸運逃過一劫。

再者，「滬」這種竹牌子的保護效力僅限於海上，卻不及於陸地，一旦海盜登島劫掠，居民還是得自求多福。

過去在大陳島，我們羅家算是「相對富裕」的家族，很容易就成為海盜覬覦的目標。父親的叔叔在十多歲時，就曾被海盜登島擄走，當時的海盜，就是趁著曾祖父和祖父出海打魚，家裡只剩下婦孺時，一夥人持械衝進家門，曾祖母羅李氏當時拚了命摟住她的幼子，不讓海盜從懷裡奪去，因而激怒了海盜，其中一個海盜還抽出腰間的利刃，刺穿曾祖母的手掌，釘在竹牆上。十幾天後，曾祖母四處籌了一大簍的銀元付錢贖人，父親的叔叔才被放回，但因被囚期間，遭受凌虐拷打而受了嚴重的內傷，沒幾個月就過世了。

喪子的悲痛，就像噩夢一樣纏繞在曾祖母的心頭，永遠揮之不去，並且似乎沒有終止的時候。當羅家長孫出生的消息在鄉里間傳出去之後，嘗過甜頭的海盜，又把腦筋動到了父親的頭上，準備如法炮製。

所幸當時村裡有一位鄰居三方叔也是個海盜，他也曾受過祖父的恩惠，於是在海盜登岸前，他立刻跑來向曾祖母通風報信，於是曾祖母和祖母這一對婆媳，趕忙把父親抱到山野荒郊藏匿。

當時祖孫三人露宿在草叢裡，父親全身上下都被螞蟻、蚊蟲叮咬得面目全非，號哭不已。兩個女人家，一面心疼羅家的金孫在這荒郊挨寒受凍，深怕父親承受不住，又擔心父親哭得太大聲會把海盜引來，還得用布褥輕輕地摀住父親的嘴，徹夜難眠，一直挨到天亮，家人通知海盜已離島後，這才拖著疲憊的身心返家。

父親從小到大，每次聽祖母回憶起這段往事，依然深切感受到祖母心中的恐懼，並未隨著歲月的流逝，而有稍減。

雖然羅家和海盜之間，有著一條人命的血海深仇，但父親卻覺得，海盜雖然可恨，但究其原因，許多落草為寇的海盜，剛開始是不甘心被別的海盜欺負，便拉幫結派，蒐槍購械，試圖保護自家的性命財產，久而久之，當幫派壯大了，原本單純自衛的組織，逐漸變成了打家劫舍的盜匪，這也是一種悲涼的宿命吧！

一位當過海盜的老鄉來台後，曾對父親描述海盜的生活，是日日在刀頭舔血、朝不保夕的行業，打劫商漁船時得提防對方的反擊，遭遇火力更強的官府船艦清剿時，更得立刻逃命，海盜集團間又常有地盤利益的衝突，時常發生火併，一條老命，隨時等著報銷。尤其海盜也會有搶不到東西的時候，這時候大家就得勒緊褲帶挨飢受餓。

「有一段時間，因為時局不好，商漁船完全消聲匿跡，我們整天在海上搜尋，別說船，連鬼影也沒有，好不容易，有天終於搶到一條載滿豆子的船隻，接下來整整半個多月，我們每天吃豆子，吃到都腹瀉嘔吐了，但是總歸比挨餓好。」海盜老鄉說。

從大陳島撤遷來台後，當年那個把曾祖母的手掌刺穿的海盜，後來也跟來台灣。父親的大弟、也是我的叔叔羅冬，探得他的住處後，本想去找他報仇。父親立刻勸阻這年輕氣盛的弟弟：「那都是在大陳島的事了，他現在都年紀大了，如今也沒人照顧，還能活到幾時？你何必再為難他呢？我們現在來到台灣，大陳島也回不去了，過去的事不用再記，讓它過去吧！」

父親是對的，無論過去在大陳島上，我們羅家和海盜之間有多少的恩怨情仇，畢竟都永遠過去了，不需要再帶到台灣，更無須擴及到下一代，否則，冤冤相報何時了？台灣，是我們的新故鄉，來到台灣，一切重新開始。

第5章　日本兵的麥芽糖

一九三七年七月七日晚間十一時，屯兵北平豐台區的日軍，未知會北平當局，逕行於鄰近的宛平縣進行軍事演習，並以日本士兵失蹤為由，要求進入宛平城調查，當時駐守在盧溝橋的守軍是國軍第三十七師二一九團吉星文部隊的一營。由於時近凌晨，國軍斷然拒絕日軍無理的要求，日軍遂向宛平縣城與盧溝橋發起攻擊，歷時數小時，雙方互有傷亡，史稱「七七事變」。七月十七日，時任國民政府軍事委員會委員長的蔣介石，在江西廬山發表「最後關頭」演說：「臨到最後關頭，便只有拚全民族的生命，以救國家生存。最後關頭一到，我們只有犧牲到底、抗戰到底。」正式揭開中國對日八年艱苦抗戰的序幕。

中日戰爭爆發後翌年，也就是一九三八年，父親出生，這場肇始於東亞，終至蔓延成二次世界大戰，成為人類戰爭史上最大浩劫的年代，像一股世紀洪流，不斷沖刷著父親懵懵懂懂的童年。

「八年對日抗戰時候的大陳島是什麼樣子？那時候日本軍隊會到大陳島來嗎？」我很好奇，這個災難有如鋪天蓋地襲來的悲慘年代，在父親的記憶裡，究竟是以何種光景呈現在他的人生之中？

父親緩緩地抬起了頭，瞇起了微微上飄的眼睛，額上的抬頭紋像用刀鑿刻出來似的，眼角的魚尾紋擴向兩鬢的白髮，迷濛的眼神好像要乘著魚尾紋掀起的波浪，湧向七十年前的戰爭年代。

「那時候我的年紀雖然很小，對於大陳島上日本軍隊的印象，大多來自長輩與親友的敘述，但我卻能深刻感覺到所有大人對日本軍隊的深層恐懼。」父親回憶說。

中日戰爭爆發初期，日本海軍封鎖我浙東沿海，大陳島上仕紳雖也曾自組武力，企圖抵抗，終不敵日軍優勢武力而敗退棄守，日軍於是占領大陳島，劃定軍區，構築工事，日本海軍更在島上設立「出張所」，做為前進基地，支援日軍艦艇的海上巡泊。

日軍的海上優勢直到太平洋戰爭爆發，美國的海軍勢力推進到東亞之後才逐漸改觀。

「日本人每次上來大陳島的時候，主要是補給飲水、劫掠物資，他們會四處搶奪老百姓的糧食或飼養的家禽家畜。」父親提起一段日軍登島的往事。

有一次，日軍登島搜括，羅家所在的上大陳村子也遭劫掠，幾個全副武裝的日本軍人闖進羅家，搶走家裡養的雞、豬等家禽家畜，那時候祖父可能從未見識過日本軍人的凶狠殘暴，為了要保護好不容易養大的豬仔，他對日本軍人大吼大叫，試圖阻攔日軍的搶奪。但是祖父的行為激怒了其中一個日本士兵，他用祖父聽不懂的日語破口大罵，隨即舉起步槍瞄準祖父，準備開槍。正危急時，所幸被一旁日本軍官大聲喝止，舉槍的日本兵悻悻然放下槍，祖父方才逃過一劫。

「如果日本軍人來家裡搶東西，不要反抗，讓他們把東西搶走，只要人平安就不算糟的，但最可怕的是，也不一定不反抗就沒事。有些日本兵會無緣無故地射殺老百姓。」父親說。

曾經有一位母親，她背著小嬰兒走在路上，遇到了一個日本軍人，結果那個日本軍人興之所至，突然就用刺刀把嬰兒給刺死了。而那個可憐的母親受到驚嚇與喪子的打擊，後來就發瘋了。

「我的一位結拜兄弟，他的母親也是遇到一個日本兵，同樣莫名其妙地挨了一槍，槍彈射穿了她的腳，使她終生成了跛腳。」

另一個類似的慘劇，受害的也是一位無辜的母親。

一位大陳婦女，背著二歲大的兒子，在回家的路上遇到了日本士兵，她既沒說話，也沒做出任何冒犯這個日本士兵的舉動，低著頭只想快速走過。那個日本兵忽然就舉起步槍，一槍射穿那個母親的腦袋，當場慘死，留下了二個兒子。

那個當時二歲的小男孩在母親死後，由於他的父親太窮，無法同時照顧他和他的哥哥，就把小男孩過繼給一位在大陳島上開麻將館的老鄉。麻將館老闆有二個女兒卻沒有兒子，為了傳遞香火，也就收養了這個可憐孩子。

「你的祖父非常愛打麻將，所以和麻將館老闆很熟。而我和那個小男孩的哥哥是好朋友，這樁慘事就是他哥哥告訴我的。他們兄弟倆來台後，先後都去了美國發展，初期在美國的中餐廳打工，攢了一筆積蓄後，自己就在美國開了間餐館。那個小男孩長大結婚時，我還當了他的伴郎呢！」

這種飽受日軍欺凌、生命朝不保夕的日子，直到一九四五年，美國在日本廣島、長崎投下原子彈，日本宣布無條件投降後，才終於結束。

但在日本宣布投降前後，下大陳還發生了一件慘劇。

在日本天皇宣布投降的前後，有一隊日本軍人登陸下大陳島，他們隨機抓了一些老百姓，把他們趕進一棟房子裡，接著房子裡發生爆炸，一屋子的老少婦孺，連同日本軍人一塊被炸死。據長輩們說，那可能是因為這些日軍知道日本快要戰敗投降了，決定引爆炸彈自殺，但臨死前卻硬拖一些無辜的民眾陪葬！

父親表示，那終究是個傳聞，至於實情到底如何？真的是日本軍人想自殺卻拖民眾陪葬？還是軍民在衝突時，不慎引爆炸彈，炸死了全屋子的人？或是其他的原因？知道真相的當事人，全部死在那棟房子裡了，使得這樁慘劇，成為對日八年抗戰，日本戰敗投降時，專屬於大陳島上染血的句號。

在日軍占領大陳島那段時期，大陳長輩們口中的日本軍人，是一群拿著殷紅太陽旗，恣意屠戮居民的嗜血魔獸。凡是和日本軍人接觸過的長輩，內心都痛恨著日本人，但是他們也都知道，遇到日軍能躲就躲，躲不了就不要反抗，任由擺布，保住性命最重要。但如果連這樣都難逃死劫，也只能無奈地接受這無情的命運。

因此，大陳人不論在陸地看到日本兵，或者在海上遇有日本兵艦靠近，就會立刻找藏身處躲起來，以免遭遇不測。

「其實這些可怕的事情，大多數是我長大後，從村裡長輩那聽說的，實在是那時的年紀太小，我能感受大人們對日軍的恐懼，卻缺少真實經歷的記憶，等我有記憶開始，日軍也接近戰敗之時，但有一件事，卻深深烙印在我童年的記憶裡，那是我唯一的親身經歷，並對日軍存有深刻印象的一件事。」父親說。

父親大約五、六歲時，祖父打算重新整建位於上大陳的住居，因為房舍拆建，需時一、二個月，此期間也不適合把小孩子帶在身邊，當時父親有個姨媽住在下大陳島，祖父於是決定先把父親送到姨媽家住，等到新房建好，再把父親接回上大陳島來。

但父親住到他姨媽家後，因為想家一直哭鬧不休，每天吵著要回上大陳島的家。大人們為了安撫父親，每天哄騙父親，說祖父的船就快來接他回家了，於是父親每天都會獨自跑到海邊，看看祖父的船來了沒有？殷切盼望祖父快點接他回家！姨媽覺得父親這樣哭鬧下去也不是辦法，只好通知祖父，祖父於是就駕著自家的單帆漁船到下大陳來探望父親，祖父原是想來安撫父親，乖乖住在姨媽家裡，等新家蓋好再接他回家。

「我一看到你祖父來了，一把就抱住他的大腿，說什麼也不放手，一定要他帶我回家。」父親說。

祖父一來心疼兒子，再者又拿這個哭鬧不休的兒子沒轍，於是只好收拾了行李，決定把父親接回上大陳。

祖父駕著這艘平常用來捕魚的單桅小帆船，載著父親向上大陳的方向回航，就在快到岸邊時，可怕的事情發生了。海岸附近停泊著一艘日本兵艦，艦上的一個日本士兵發現了祖父的小船，便招手要祖父的船靠過去。

祖父被眼前的情景嚇得半死，他很想逃走，但知道只要他一跑，日本兵就會開槍，而且祖父的小船根本跑不快，無論如何也逃不掉。無奈之餘，祖父只好硬著頭皮，把船靠向那艘日本兵艦。

「我們把船停好，日本兵上船盤查了一會，這時候有一個日本兵，嘰哩咕嚕對我說了一些我聽不懂的日本話，然後笑著拿出一大片的麥芽糖塞進我的小手裡！不是一小塊麥芽糖，是一大片麥芽糖哦！」父親笑說。

在大陳島，麥芽糖是非常奢侈的零食，平常很難吃得到。偶爾會有從大陸過來的麥芽糖小販，挑著麥芽糖的擔子在島上叫賣。這種小販專收破銅爛鐵，如果家裡有壞掉的鐵器，例如舊菜刀或舊鐮刀，拿去給麥芽糖小販，他會拿出一片麥芽糖，敲下一塊小小的碎片和你交易。

「但是那個日本兵卻給了我一整大片的麥芽糖，真是不可思議！他大概覺得我很可愛吧！」

父親把麥芽糖收下來，帶回家分食給年幼的弟弟，連著吃了好多天還吃不完。

「很奇怪，我聽了那麼多有關日軍燒殺擄掠的血腥故事，但親身經歷而印象鮮明地留存在我記憶裡的，卻是那個日本兵給我的麥芽糖。」父親緊皺的眉頭忽然放鬆下來。

第6章　舞浪鼓

農曆五月仲夏，吹東南風，當血紅的夕陽像觸礁的輪船，慢慢沉沒在海平線下，豔麗的紅霞渲染了海天，喧騰的色彩，隨著湧浪，在海面跳躍著，直到落日完全沒頂，一切才回歸平靜。此時，一輪明月像被一波波海浪推起似的，悄悄升上夜空，皎潔的月光灑在墨藍的海面上，像海中之湖，又像某處仙境的入口，吸引著航海的人，航向一段古老又美麗的傳說。

此時大陳島的近海，正值一年一度的小黃魚（又名黃花魚）季節，曾祖父羅洪亮領著水手們，揚起風帆，分乘二艘單帆帆船，趁著明亮的月光，在島的近海巡航，只要將一張張漁網投入海中，由二艘帆船拖曳著，就能捕撈一網又一網金黃斑斕的小黃魚，肉豐質細，入口滑嫩的小黃魚，對漁民而言，那可是一尾又一尾的活黃金。

羅家約莫是在清光緒年間，曾祖父羅洪亮那一代才遷移到大陳島的。原本在大陸浙江就有田產的曾祖父，為什麼不留在大陸守著祖產，卻要冒險遷移到大陳島拓荒？主要有兩個原因，一是看中了當時大陳島還是一處人煙稀少的荒島，遍島無主的土地，誰先開墾就歸誰的；再則就是大陳島是浙江第二大漁場，周遭海域漁產豐富，終年不絕。

當時在大陸，地籍制度已具規模，土地均繪有清丈圖冊，記載業主姓名、土地坐落、地積甲數等，因此大陸溫嶺的土地多半都已各有所屬，對於已擁有祖產的曾祖父，守成有餘，但已無圈地拓荒的空間。曾祖父算是最早來到大陳島拓荒的一批人，他率先圈了許多荒地，再逐步將之開墾為可耕種的農地，至於在大陸的田產則出租給佃農，然後每年從大陳島渡海回溫嶺老家去收田租。

但在大陳島擁有土地也不是「先到先占」那麼簡單，口說無憑，而當時在大陳島也沒有「地契」這種東西，那要怎麼認定土地屬張家、李家還是羅家呢？關鍵在於你有沒有實際進行土地開墾。

「是你開墾的，就算是你的土地；你沒開墾的部分，就不能算你的土地！」父親說，這也算是曾祖父那批人初來大陳島時，大家彼此雖不成文但一致遵守的潛規則。

為了擁有更多的土地，曾祖父十倍於其他鄉親的勤奮，日以繼夜地拓地墾荒。

「早不見太陽、晚不見太陽。」父親說，這就是曾祖父初到大陳島的生活寫照，意思是曾祖父每天總是天還沒亮，就到圈下的土地耕種，一直忙到天黑才回家睡覺，十年如一日，無日歇息。

曾祖父把一大片無主荒地劃成自己的地界，然後在地界內，親手把土裡大小不一的岩石，一塊一塊地挖除；再把密密叢叢的雜草，一把一把地拔乾淨；繼而將又乾又硬的土壤一鋤一鋤地翻開；最後撒下農作的種籽，辛勤耕耘，等待秋穫冬藏。

就這樣，憑藉著異於常人的毅力與勤奮，曾祖父把一畝畝的荒地變成良田，開拓出羅家在大陳島的大片田產。

「勤勞，才是羅家真正的地！」所謂身教更重於言教，父親認為，曾祖父是用一生的汗水，替羅家的後代子孫，樹立了代代相傳的治家家訓。

除了對墾地的執著，大陳島周遭海域的豐富漁場，更是被曾祖父視為快速累積財富的重要資源。在曾祖父的計畫中，田地一旦開墾好了，可以出租給佃農收田租，也可以雇請長工耕作，不必再親力親為，騰出的時間，可以專於漁獲捕撈。環繞大陳島礁的海域，棲息著眾多享譽海內外的魚種，七星鰻、虎頭魚、黑鯛、石斑等，幾乎四季皆有漁產可供捕撈，曾祖父精準地掌握了大陳島陸地、海上的天然資源，加以過人的勤奮刻苦，羅家在他的經營下，自然愈加興旺了。

對許多大陳島漁民而言，大海是賴以維生的母親，從滔滔白浪的海裡，捕撈起來的漁獲，是大海對於辛勤漁夫的賞賜，也是一家溫飽的依靠。每一個曬得黝黑的漁民，臉上大大小小的曬斑，更是上天透過熾熱的陽光所頒贈的驕傲勳章，為每一個甘冒海上風險、為家計生存而奮鬥不歇的漁民們，烙印出讓後代子孫永誌難忘的徽記。

如前所言，在大陳島的海域，不同的季節有不同的漁汛，每年農曆三月左右是烏賊季，漁民們會開始為捕烏賊做前置工作的準備。

「我們家每年農曆三月，都會到一座叫屏風山的小島附近，搭起草棚，待上一個多月捕捉烏賊。」父親說，只要算好潮流，在附近海域放下一個個用竹子編造的特製竹籠，就表示這是你的海區，其他人就不會越界到你所屬的標示區域捕捉烏賊，換言之，這個海區，也成為一種大家各自默守，互不侵犯的私有領域。

烏賊汛期裡，曾祖父與祖父這對父子，總是划著竹筏到屏風山小島旁，將竹籠布置在自屬區域的近海，他們會在竹籠子裡，放入一隻母烏賊，等漲潮時，會吸引公烏賊進來，這個特製竹籠在兩頭開了外大內小的束口，公烏賊一旦鑽進來就出不去，等到退潮時，就划著竹筏出去收拾一個個竹籠，滿載著烏賊返回島岸。

也有漁民會用漁網捕撈烏賊，這是另一種捕法，漁網的上層繫著浮筒，下層綁著重物，讓漁網上邊浮在海面，下邊沉進海裡，算準了烏賊群聚的海域，駕駛著竹筏網捕烏賊。

「為了捉烏賊，我小時候有一次還差點淹死！」父親回憶起一段年少時在鬼門關前走了一趟的往事。

那時的父親大約十三、四歲，祖父因農、漁兩頭忙著，祖母也下田協助祖父幫忙農事，於是祖父交代父親負責炊煮全家人的午飯。由於大陳島風很大，生火不易，結果父親煮了半天，依然無法將米飯炊熟，害得一家人中午沒飯吃，祖父就把父親痛罵了一番，認為父親身為長子，卻連飯都不會煮。

挨了罵的父親，心情特糟，索性溜出家門，去到一家賣甜餅的店家，店家老闆娘對他說，現在是烏賊季，海面上有很多烏賊因為被魚咬傷，游不動，只能漂浮在海面上，只要去撿一隻烏賊回來，就可以和她換一個甜餅。年少的父親聽了大喜，心想就撿幾隻烏賊跟老闆娘換些甜餅帶回家，家人至少還有甜餅可吃。於是找了一位朋友，二個少年就划了竹筏出海去撿烏賊。

但他們這一對不自量力的小孩，根本不會操控竹筏，加上那一天的海象不好，海流又特別強勁，竹筏竟被海流愈帶愈遠，父親一急，使盡全身力氣划著竹筏，卻因為用力過度，竟把槳都划斷了，沒了槳的竹筏往外海漂離，離岸愈遠了。

所幸此時有一艘帆船駛過，二個孩子立刻大聲呼救，帆船上的漁夫發現父親的竹筏，快速靠了過來，父親趕忙向帆船拋繩，但因為過於緊張，繩子拋出的同時，一個重心不穩，就跌進了湍急的海流裡，還好繩頭已經拋上了帆船，而父親跌進海中時，腳適巧被繩索纏住，帆船上的漁夫趕忙拉繩，把父親拖到船上，此時父親早已精疲力盡，掉進海流裡的同時又喝了好幾口的海水，但總算保住了小命。

父親為了逞強，連一隻烏賊都沒抓到，還差點賠上性命，當時內心的沮喪和懊悔，實非筆墨可以形容了。飽受驚嚇的父親，深怕回家會被祖父責罵，於是一個人躲在家附近海邊的大岩縫裡，不敢回去，一直躲到晚上，滿天璀璨的星光，更增添父親內心的失落與寂寥，此時，祖父早已四處遍尋父親不著，好不容易，終於在岩縫裡找到孤身蹲坐岩石上的父親，祖父不發一語地牽起父親的手，就著星光，默默走回家去。

農曆五月，烏賊季結束，黃魚季開始登場，曾祖父、祖父和幾位水手，會分駕二條單帆帆船拉著漁網去捕黃魚。

其中一條是母船，包含船長在內共有水手四個人，另外有一船則是子船，配有二個水手，一正手一副手。他們都是選風平浪靜的夜晚，在吃完晚飯後出發，白天回航，天候不佳則不出航。在當時，曾祖父是船長，負責操帆及指揮二船，後來曾祖父過世後，就由祖父操帆和指揮。曾祖父和祖父這對父子操帆的技術，在當時的大陳島是遠近馳名的，必須熟悉海象，精算風向和風力，才能將帆船駕馭自如。於是卓越的駕船技術，加上對漁汛海域瞭若指掌，曾祖父、祖父每次返航，幾乎都是滿載而歸。

到了冬天，則是帶魚與鰻魚季，此時船必須開到更遠的地方。因為捕小黃魚的近海帆船，和釣帶魚與鰻魚的帆船，船型與設備都不相同。釣帶魚與鰻魚的帆船，大陳話叫「舞浪鼓」，漁船頭是尖長的，船型也比捕小黃魚船的體積大許多。雖然一艘船一般也是配置四個人，但船身還有內艙，晚上可以睡在裡面。「舞浪鼓」一出海，通常要三、四天才回得來。

羅家雖擁有自請師傅專造的捕黃魚帆船隊，但「舞浪鼓」這種船，則是每年冬天去下大陳島，向人租來的。

漁民駕著「舞浪鼓」，船上配置一條很長的漁繩，一邊航行，一邊放繩，繩上有鉤、有浮筒，鉤上的餌則是用帶魚切片做成，用來誘使鰻魚上鉤。

「相較起來，冬天出海比夏天出海危險多了。」父親說。一來夏天作業的地方是在近海，天候若有變化，可以立即返航，就算遇到颱風來襲，但漁民們皆通曉觀看天象來判斷氣候，若有颱風接近，漁民從雲的形狀與海流湧浪，就可大致研判出來。但冬天的東北季風，卻是非常難掌握，有時突然颳起強大陣風，僅靠風力航行的帆船根本回不了頭，一不小心，整條船被風吹翻，也時有所聞，因此海難頻頻發生，亦不足為奇了。

羅家討海為生的家族事業，在大陳島大撤退後，便走入歷史，為了不讓島上的物資，在撤退後，被中共解放軍運用，包括家裡的帆船在內，島上所有帶不走的軟、硬體，悉數遭到國軍摧毀，彷彿是替羅家先祖畢生的努力，畫下一個滄桑句點。

但也不是來到台灣就與漁業絕緣，當我們家被政府安置在花蓮的大陳一村後，政府曾讓大陳鄉親依自己的專長選擇職業，並給予輔導與補助，當時祖父選了「漁民」，政府便配撥一艘小噸位的漁船給祖父，祖父就靠著政府送的漁船，在花蓮近海捕了將近十年的魚，父親並曾陪著祖父出海捕過兩、三次魚。但因為不熟悉花蓮的漁場、魚種與魚性，所捕的漁獲連維持生計都有困難，直到船損壞了，索性不去維修，完全放棄捕魚的念頭了。

父親後來因考上碼頭工人而定居在基隆，雖然他在基隆港當了一輩子碼頭工人，過得仍是傍海營生的日子，卻是在一艘一艘精鋼鍛造的現代貨輪上，靠著扛負重物的苦力，養家活口，相較於曾祖父、祖父在驚濤駭浪中打魚搏命的日子，終究成為家族的歷史記憶了。

「舞浪鼓」，在海之子民的人生中漸去漸遠，成了夢境中的幽靈之船。

第7章　六十年前的課文

震天價響的考場鈴聲響起，教室的監考官要求所有考生停止作答，交出考卷。

我默默收起考卷，交給站在講台邊的監考官後，走出大學聯招試場的教室，隨著各個教室魚貫而出的考生，在走廊上匯成擁擠的人流，慢慢湧向樓梯，緩緩從三樓走下二樓再到一樓。台灣悶熱的七月天，每個考生莫不汗流浹背，好不容易擠出一樓的梯口，人流這才像女孩頭上解開髮帶的馬尾一樣渙散開來，我才終於有種鬆了口氣的感覺。

「兒子，考得如何？還順利吧！」坐在教室旁樹蔭下的父親，滿臉汗水，神情焦慮地迎上來，迫不及待地問道。

「還算順利，我希望能應屆考上國立大學，如果考不上，就去台北南陽街讀高四，明年再重考吧！」好不容易考完了大學聯考的最後一科，我以一種帶著疲憊的口吻回答，雖然各科作答還算流暢，但畢竟心中並無實質把握，況且當時以父親碼頭工人的收入，家境並不寬裕，若考不上國立大學，勢必造成父親的經濟負擔，這是我最擔心的事。

「不要這麼說，能考上就好，私立大學也沒關係啦！爸爸以前想讀書都沒得讀，連小學都沒畢業，你只要能讀大學，爸爸就很高興了。」父親鼓勵我，似乎也洞悉我心中的顧慮。

我望著父親，他的眼中閃現光彩，彷彿我即將替父親實現他這一生再也無法達成的願望，熾熱的陽光照得父親的雙眼幾乎要睜不開，黝黑的臉龐汗如雨下，周遭高亢的蟬鳴從校園遍布的樹幹上聲聲傳來：知了！知了！聲音響徹雲霄，彷彿是替即將離港啟航的輪船鳴笛，父親衷心盼望我代替他航向光明的前程。

「我想國立大學應該沒問題啦！」不忍心讓父親繼續懷著忐忑不安的心情直到放榜，我故作自信地微笑，抱了一下父親的臂膀，試圖安撫父親比我還要緊張的情緒。其實我本來不希望父親來陪考的，但他就是堅持要陪，他擔心我迷糊的個性，萬一到了考場，卻忘了准考證、作答筆具、書本或者臨時身體有什麼不舒服，那該怎麼辦？況且在考前，我忽然重感冒，高燒不退、咳個不停，整整病了一個月多才康復，當時還擔心自己會病到無法參加聯招。

父親瞧我自信滿滿的樣子，緊繃著的神情總算放鬆了，他的嘴角含著微笑，替我背起書包，拉著我的手，默默騎上機車，載我回家。

那是一九八八年夏，我十八歲，父親五十歲。

「我家門前有顆黃柳樹，早上飛來二隻黃鶯，在樹上跳來跳去，還唱著很好聽的歌……。

這是我的家，我們都愛它，前面有田地，後面種菊花。」

父親小時候非常喜歡上學，問起他讀小學的情景時，父親立刻朗誦起他讀過的小學課文。

「你看，我到現在都還記得小學時背的課文！都是六十年前的事了，也不知道為什麼，這些課文好像直接烙印在我腦袋裡一樣，不管過了多久，都不會忘記！」父親的臉上顯現得意的神色。

為什麼父親會記得那麼清楚呢？他說，一部分是因為那時候的他真的很想讀書，也很喜歡讀書。可惜，當時家裡的環境並不允許父親把時間花在讀書上！

其實父親倒不是一開始就喜歡讀書。七歲時，把父親當成心頭肉一樣疼愛的曾祖母羅李氏，曾將父親送到私塾讀書，這是他第一次上學。

「我記得那時候，家裡雇的長工特地釘了一個小桌子和小椅子，他還幫我把這個小桌子小椅子帶到學校，因為那時候讀私塾除了要繳學費，還得自己帶課桌椅。」父親說。

只不過，父親才上了七天課，就耍孩子脾氣不肯讀了，曾祖母拿這個寶貝孫子沒辦法，只好叫長工把特別為父親上學製作的小課桌、課椅，再從私塾那拎回家來。

「為什麼只讀了七天就不肯讀了呢？」我問父親。

原來，父親讀到第七天時，一個年紀稍長的小朋友要父親把手伸給他看，父親不疑有他，就乖乖把手伸出來。

「你的手好髒！」對方皺起了眉頭，然後冷不防就抽出從老師那裡拿來的戒尺，用力朝著父親手心狠狠打下去，父親痛得大叫。

「你的手這麼髒，以後上學都會被老師打！」那個調皮的小男孩不但打了父親，還出言恐嚇父親。還是七歲娃兒的父親哭著跑回家，因為飽受驚嚇，回家後，說什麼都不願意再回去讀書。

「來來來，來上學，去去去，去遊戲。

我也上學去讀書，我也上學去遊戲。」

三年後，父親十歲時，時任浙江溫嶺縣長的吳澍霖，在大陳島全面實施義務教育，廣設小學，希望能提升鄉民教育水平，減少文盲，尤其積極招收十到十六歲的失學孩子就學，縣政府為了吸引孩子來學校讀書，還編了一首打油詩當做宣傳語。

「這麼多年過去了，這些宣傳口號，我都記得。」父親說。

就現今回溯，補習班招生的廣告詞，最膾炙人口的口號：「來來來，來台大，去去去，去美國。」我想，肯定是父親小時候聽過的這段打油詩演變來的。

因為這個新的受教育契機，父親又能重回學校，十歲的他和當時七歲的二弟羅冬成為同學，二個人都從小學一年級開始讀起，父親就從一年級讀到三年級，那時候是他讀書讀得最快樂的時光。

「當時除了國語，也上歷史、地理、算術這些課，我的算術學得不錯，但功課好卻替我惹了麻煩，因為班上有一位同學，他是班上的頭兒，他的算術不太靈光，要我教他，我嫌太麻煩不理他，結果他就找了一些同學常常找我碴，算是我求學過程中唯一的陰影。還有，我的作文也寫得不錯，小時候還得過獎呢！」父親得意地看著我，我也不禁笑了，原來我和哥哥的文筆，是遺傳自父親。

父親說到這裡時，正經過客廳的母親停下腳步消遣父親：「你的算術、作文都不錯，但國語發音沒學好，講話的鄉音太重，別人常常聽不懂。」

父親眉頭皺了起來，解釋道：「那時學校雖然也有教國語，但老師也是大陳人，鄉音很重，加上那時候沒有教注音符號，所以我的發音老是發不準。我的國語主要還是十幾歲時，和來到大陳島的國軍軍官學的，那時家裡的房子被國軍徵召使用，分了大部分的房間給軍官住，我常和他們聊天，就湊合著學了國語，有鄉音也是沒辦法的事。你媽媽是到台灣才開始讀小學，那時學校有教注音符號，所以她的發音比較準。」

「才不只是這樣呢！」母親反駁道：「我小學只讀到三年級，其實也沒學到什麼東西，我是到大了點在外頭工作後，自己訂了《國語日報》，一邊工作，一邊利用時間勤讀《國語日報》，靠自己用功自學認字與發音，我跟你才不一樣。」

父親僅僅瞪了母親一眼，沒再搭腔。顯然父親正沉浸於求學往事的回憶裡，沒空和母親鬥嘴。

父親十三歲時，發生了一件事，中斷了學業。當時父親讀書的小學，老師是從大陸請過來的，然而國民政府已全面從大陸撤退到台灣，局面愈來愈亂，老師有一次回去大陸就再也沒回來了，學校少了老師，也就只好停課了。

又隔了一陣子，國軍在上大陳島的關帝廟那兒重開了學校，並派出軍官充當小學老師，學校重新招生，但那時候的父親已經無法回去讀書了。

「自從你曾祖母過世後，家裡的情況開始變得不好，我身為長子必須下田工作、分擔農忙，我去讀書的話，家裡就少了一個幫忙的人手，你祖父和祖母實在忙不過來，家裡的弟弟妹妹又多，他們就要求我留在家裡幫忙，不要去讀書。」父親說。

但是父親並沒有因此放棄求學念頭，他已明白一定先要把書讀好，具備高等的學識，將來才有機會在社會出人頭地。因此，他還私下跑到學校去拜託老師，請老師親自來家裡和祖父、祖母溝通，務必要讓父親回學校讀書，老師好不容易說服了祖父母，但讀沒幾天，祖父又覺得家裡實在少不了父親的人手，最後還是禁止父親去上學，至此，父親心裡感覺澈底的失望。

父親第四度回到學校讀書，則是到台灣以後的事了，那時候從大陳島來台灣的父親，被安置在花蓮壽豐鄉，當時有一間學校設在一間台糖的糖廠裡，離父親住的地方大約五分鐘的步行路程。

父親當時已經十七歲，雖然他在大陳島讀到小學三年級，但在花蓮入學時，卻被分班從小學五年級讀起，算是跳了一級，而一個班大約三十多個學生，從十一歲到十八歲的都有，同學間年齡的落差相當大。

「我和當地的孩子混在一起讀書，同學大部分都是平地山胞的小孩。他們知道我是『大陳義胞』，對我特別好，不時還會請我到他們家裡吃土雞呢！」父親說。

父親這時的生活還算安定，平平穩穩上了一年多的課，直到六年級快畢業時，又因為一件偶發的事件而放棄了學業。

「我那時候自然學得不錯，自然課的老師很喜歡我，他勉勵我繼續讀書，說我如果繼續讀到畢業，他可以推薦我去念農校。」

雖然有自然老師的鼓勵，但是父親的史地卻不太好，經常考不及格。史地老師又非常嚴格，並且有個奇怪的規定，考試考不好不會挨打，但考試退步太多就要挨打，父親的史地成績，平時一直保持在五、六十分，但有一次忽然考到八十多分的高分，父親非常擔心下次考試又回到五、六十分的水準，肯定會挨一頓打。

「我想都十八歲了，在班上算年紀最大的學生，還要在小我五、六歲的小朋友面前挨打，覺得很沒面子。」思來想去，父親就有了輟學的念頭。

剛好在那個時候，政府正計畫在花蓮美崙建造大陳新村，提供大陳鄉親可以像眷村一樣，群聚而居，相互扶持，於是發出公告招工，每天工錢有六塊錢。父親心想，一則是幫大陳鄉親重建家園，再則每天六塊錢的工錢，以當時零工的水平，已算優厚，這總比留在學校挨打好，而班上另一位和父親感情不錯的老鄉同學，得知政府招工重建大陳新村的消息，也向父親表示他不想讀書，要去蓋房子賺錢，結果兩個人志投意合，便決定放棄學業，結伴去花蓮美崙蓋大陳新村去了。

「這個決定，對我後來的人生影響很大，但當時的我哪裡想得到？直到有一天，有位長輩想介紹我去鐵路局當售票員，我很高興終於可以有一份穩定的工作收入，不必到處去打零工，結果去甄試時，發現這個職缺必須具備小學畢業的學歷，我又不想謊報學歷取得工作，最後只能眼睜睜喪失進到鐵路局工作的機會。」父親說。

也是從那時刻起，父親才真正意識到學歷的重要性，所謂「富不過三代」，但「窮也不能過三代」，他自知當一輩子的碼頭工人，經濟能力已有所侷限，但是他早已在心底許下願望，無論如何，也要讓三個子女受到最好的教育，那麼羅家的下一代，才能掙脫社會的底層，重新取得出人頭地的機會。

第8章　心中的山

山說　雲動鳥動人動
總要有些什麼不動
才會讓旋轉飛舞的你們
找得到家

——隱地《山說》

每個人的一生中，都有一座山。一座可以標的的山，一座可以仰望的山，一座可以依靠的山，一座可以指引回家之路的山。

哪怕跋山涉水，攀山越嶺，哪怕背山帶水，迴山轉路，那是座心中的山，矗立在故鄉的那一端，無論你離了多遠，回頭仍能望見那疊嶺層巒的蒼翠；無論你離了多久，它仍能在夢裡回到眼前，一如你未曾遠離。

那麼，對父親來說，一個在十七歲時隨著國軍從大陳島撤退到台灣的漁民之子，那座仍時時在夢裡呼喚的不動之山在哪呢？那座可以指引返鄉之路的山，究竟是什麼樣的山呢？在那段天翻地覆、顛沛流離的戰亂年代，豈止是雲動、鳥動、人動，除了不動的島和遺留的記憶，整個世界都在移動，年少的父親，只能帶著滿腔的愁苦，揮別了他的出生地——大陳島，飄洋過海，隨軍來到台灣，重新面對不確定的未來。

光陰如白馬過隙，一甲子的歲月，倏忽而逝，垂垂老矣的父親，不知何故，經常在夢裡回到那座出生之島，慈祥的曾祖母、操作船帆的祖父、背他上學的長工、通風報信的海盜、私塾的老師、青梅竹馬的玩伴，一一在夢境裡迴旋流轉；而壯闊的落日景色、夜空的滿天星斗、海面的皎潔月光、波光粼粼的海上如搖籃般輕輕飄盪的竹筏舢船，一幕幕、一景景，竟格外清晰地在每晚的夢境呈現。父親在山嶺、林間、溪徑、海濱，以及狂風呼嘯的風裡，奮力奔跑、盡情跳躍，最後，他遠遠望見一處山崖上，有棟二層建築的樓房，在落日的餘暉中，映出悠長的影子，那正是父親的家。無論雲動、鳥動、人動，無論天搖地動、地裂山崩，那個家始終紋風不動，夜夜在父親的夢裡，靜靜與父親對望著，人世的滄海，歲月的桑田，都被摒除到夢境之外了。

原來，那個家，正是父親心中的那座山。

父親在上大陳島的家，就坐落靠海的小山崖上，推開向南的前門，在眼前展開的，是一片碧藍的海洋，雲朵悠閒地飄過，浪花拍擊著海岸，千帆點點，海風陣陣，帶著鹹味的空氣，隨著呼吸，充填在父親的胸臆之間，時不時挑動著父親思鄉的情懷。

站在山崖往前眺望，與上大陳島僅一水之隔的下大陳島，以臥龍之姿，橫陳在藍色的海面上，披覆一身蒼鬱的林木，吞吐著日月的風華。散布在周圍大大小小的島礁，日復一日數落著潮汐，發出喧騰的聲音，獨獨這島，卻像入定之僧，又像沉睡了千年的龍，無論朝代多少更迭，抑或人事如何變遷，總也喚不醒，這座從天上遺落人間的仙島。

「那是一間二層樓、石牆瓦頂的獨棟樓房，以台灣的算法，一層大約有八十坪吧！二層就差不多一百六十坪。當初改建時，很多木料和花崗石，都還是從大陸專程運來的。」父親回憶說：「我們家門前還有一塊很大的曬穀場，不論是曬穀、醃魚、曬鰻魚乾、做大陳年糕，一年四季，總見長輩和長工們，在這塊地上穿梭忙碌。」

在當時的上大陳島，像這樣二層樓的房子，以現代人的評價，可謂是超級「豪宅」了，因為大部分居民住的都是石頭堆砌、茅草覆頂的簡陋平房，絕少有蓋到二層樓的房子。然而這座在當時人眼中的大宅邸，全家人所分配到的住居空間，卻不寬綽，不只是因為曾祖父母、祖父母、父親以及父親三個姊妹、四個弟弟，一家十來口都住在裡面；而宅內大半空間，還得要用來堆放草穀、各種農漁具、搗米的石臼、釀酒的罈子、醃製的魚菜等等；尤當國共戰事緊迫時，羅家這棟踞高面海的二層樓房，更成了後來國軍借住、設指揮所的最佳選擇。

「剛開始是游擊隊，也就是反共救國軍來我們家借住。」父親說。

一九四九年前後，國民黨戰事失利，國民政府撤遷台灣，部分國軍兵力部署於舟山群島、大陳列島等江浙沿岸島嶼，有一些地方的游擊隊組織，配合國軍軍事活動，襲擾共軍。祖父羅啟明和一些游擊隊的頭目熟識，每當他們來大陳島進行補給休整時，熱情好客的祖父，便主動邀請他們暫住在家中，祖父總是把一樓的客廳讓出來，十多位游擊隊員便在客廳打地鋪，並且由祖母負責打理他們的飲食起居。

一九五〇年四月，海南島淪陷，五月，中共第三野戰軍對浙江舟山群島發動總攻，喪失制空權的十二萬國軍被迫撤離舟山群島，而其中一部分的軍隊，就轉進到大陳島。

此時的大陳島，成了國軍在浙江沿海的唯一據點，戰略位置更為凸顯。一九五一年六月，胡宗南被派來大陳島，任「江浙反共救國軍總指揮」，翌年，國民政府在大陳島設立「浙江省政府」，胡宗南親任省長，國軍正規軍第六十七軍也調防大陳島，於是這個總面積僅十五平方公里的彈丸之島，軍民合計人口竟達三萬六千人之譜，幾乎是一比一的比例。由於軍營宿舍不足，島上家家戶戶，幾乎都分配軍士官兵借住，整島重要的地理位置，也都架起砲台、拉起鐵絲網、構築防禦工事，在可能被搶灘的海岸，甚至還埋下地雷，處處皆見荷槍實彈的士兵巡邏守衛，一股戰爭即將爆發的肅殺氛圍，籠罩了整個大陳島。

自從國軍主導了整個大陳島的防務，羅家的「豪宅」再次被相中徵用。

「游擊隊每次來家裡，也只借住一樓的客廳，一樓的房間還是我們使用，而且為時不久，國軍則把整個一樓都占用了，包括我在一樓的房間也讓出來，全家人都被趕到二樓住。」父親說：「但和游擊隊十幾個人在家裡打地鋪不同的是，國軍進駐家裡的，只有五、六個似乎是重要軍職的軍官，他們還在一樓做了簡易的隔間，既充當宿合，也當做辦公廳使用。」

父親因當時正值年少，眼見家裡被軍官長期占用一事，非常氣憤，加上一家十來個人擠在二樓，生活起居難免會發生聲響，而小孩子打鬧嘻笑，也會發出擾人噪音，住一樓的軍官若覺吵雜，還會生氣罵人。有一次，父親實在氣不過，便把二樓的樓板撬開了一個洞，故意把二樓的灰塵與垃圾掃進洞裡，弄得一樓烏煙瘴氣。

「你幹什麼這樣？」樓下的一位軍官被父親的舉動惹惱，大聲喝斥。

「那你幹什麼占我們的家？」父親反嗆回去。

那位軍官大概不想和小孩子計較，也就沒多說什麼，只是氣呼呼地走到房外抽菸去了。

其實軍官占住家門的日子，也不全然只有衝突面，一來住久了也就熟了；二來，不高興也不能怎麼樣，只能彼此包容，努力和平共處。

於是隨著共處的日子一天天過去，父親漸漸調適自己的心態，開始能從正面的角度來看待家被占用的事。

「有幾位軍官對我其實也不錯，他們住進家裡來以後，也帶來了一些新鮮有趣的事物，許多東西，像我這種封閉在小島上的小土包子，一輩子都沒看過。」父親說。

有位軍官就在他的房間裡放了一台留聲機，經常播放優美的音樂，或者男音、女音唱著流行歌曲，父親對這個「會自己唱歌」的機器，感到驚奇不已，他想破了腦袋，也不明白，為什麼一個轉盤，放進一張圓片，然後讓一根針扎著這個轉動的圓盤，盒頂上鑲了金屬大喇叭花的東西，就會唱出好聽的歌。

那位軍官曾經耐心地向父親說明留聲機會唱歌的原理，但不管怎麼解釋，父親就像鴨子聽雷一樣，完全無法理解，只當這台機器是被施了魔法一般。多年以後，父親到了台灣，曾有一段時間，他到台北打了三年的零工，雖然沒存多少錢，卻硬生生買了一台留聲機，日日把玩觀賞，這幾近他人生中最奢侈的出手，就與少年時對留聲機存在的新奇印象，有很大的關聯。

而另一樣讓父親覺得像是外星球產物的，就是腳踏車。

「叔叔，這是什麼東西？」父親第一次見到停在家門的腳踏車時，忍不住好奇心，詢問一旁的軍官。

「這是腳踏車，可以騎著它到處走！像騎馬一樣！」軍官笑答。

「你騙我，這東西只有二個輪子，一坐上去就會倒，立都立不直，怎麼可能騎著它到處走？」父親不相信軍官的話。

「那我騎給你看吧！」家門口是一個偌大的曬穀場，軍官立刻跨上腳踏車，在曬穀場繞起圈子。

父親看得瞠目結舌，他不明白，是怎麼樣的機械原理，讓只有兩個輪子的車保持平衡？這種驚訝的心情，等同於我們現今若在路上遇見變形金剛一樣的驚異吧！

軍官本想讓父親學騎看看，但年少的父親，根本就不敢碰觸這個像機械怪獸的東西，直到後來去了台灣，才終於學會騎腳踏車。

「還有一次，我在削地瓜時，不小心把手指上的一大片肉削去了，當場血流如注，痛得不得了，當時住在家裡的醫務官，立刻用碘酒幫我消毒包紮！」父親歷數記憶中的往事：「那時候，不只國軍來到島上，也來了一些美軍。他們開山挖路，協助國軍構築防禦工事。」

在當時，美國確實有以「西方公司」的名義，協防大陳島。在上大陳島，美軍駕駛開山機到處挖山開路，羅家有一大片田，從山頂到海邊，是一梯一層的梯形田，那是曾祖父羅洪亮費了多年心力開墾出來的，美軍開山機在山頂拓路時，大堆大堆的爛泥亂石都往山下推落，一整個壓壞了這片從曾祖父時代就開墾出來的農田，後來家裡再無人力進行整田，只能任其荒廢。

「不像台灣現在，什麼事都可以抗議，什麼事都要求補償，那時候，田地被壓壞會很心疼，也很生氣，但淳樸的民眾，也只能默不作聲地概括承受。」父親嘆息。

美軍有時還會駕駛運補機在島上空投白米、彈藥、醫療用品等物資，其實當時海上運補並沒有問題，這些空投任務，可能只是為了訓練所需，只是空投的物資滿天飛拋，時而壓毀農作物、砸壞室外的生活器具以及民家的屋頂，像羅家的屋頂，就曾被美軍的空投箱子，砸破一個大洞，嚇壞一屋子的人。

不過，這些空投的物資，帶給島上居民的，並非全是壞事，父親的兩個弟弟，有一次就撿到一整箱機關槍子彈，兩個人把整箱彈藥抬到美軍基地，換了一堆糖果回來，開心極了。

有時候，小朋友非常調皮，撿到子彈並沒有送還，而是把子彈的彈頭拔出，將火藥倒在地上，累聚成小塔狀，點火看它轟然爆燒，像過年放煙火一樣。也有一些米糧在空投時刮破了包裝，白米散落一地，看到的老百姓會一擁而上，爭相撿拾地上米粒，回家熬粥，一家人吃一頓噴香的米飯，在當時窮困的大陳島，可是件奢華的事。

父親娓娓道來和大陳島駐軍互動的往事，說到興起，雙手不斷在空中比畫飛舞，而他左手食指上，一個隆起的疤瘤清晰可見，那正是當年父親削地瓜削傷的手指，醫務官幫他止血包紮後，仍留下終生的疤痕。

這個在父親左手食指上隆起的疤痕，約莫一公分長寬，像顆時光膠囊一樣，依附著父親的手指，每當父親打開這顆膠囊，年少的回憶如江河湧出，恍如昨日般，歷歷在目，點滴心頭。

這幾位軍官在羅家一直住到一九五五年二月大陳島撤退。

「他們終於離開了這個家，只是，我們也離開了。」父親說。

「那棟二層樓房的家，後來怎麼樣了？」我問父親。

「不知道，我沒回去大陳島過，但聽曾回去的老鄉說，那房子已經被拆掉，什麼都沒留下了。」父親落寞地說。

樓房雖然拆了，記憶仍在；人雖然離了，島卻屹立不搖，而父親的心中之山，猶然佇立上大陳島的那片山崖上，並時時在父親的夢裡呼喚著，指引回鄉的路。

第9章　最後的冬天

不下雪的冬天，算不算冬天？

一九五四年十二月，農曆年前，那年的冬天，天空總是灰霾陰沉，零下五、六度的氣溫，大陳島雖然沒有下雪，但天氣仍然酷寒，冷到有水的地方都結著冰，家家戶戶的屋簷，掛著一條條筍狀的冰柱；小水塘的塘面散著塊狀的冰排；山間的小澗，在土岸邊結著細細尖尖的冰凌；霧氣稀稀落落地在桑樹的梢頭凝成了小小的冰花……

「之所以沒有下雪，不是因為天氣不夠冷，大概只是因為空氣裡的水氣不夠，未到降雪的程度。」父親說。

相較於大陳島過去每年的冬天，下雪或者不下雪，並無特別之處，不下雪的大陳島，是綠色的，而下雪的大陳島，變成了白色，但是今年的冬天，卻是父親在大陳島上最後的冬天，天空沒有飄雪，卻有一場風雪，正在父親的心裡紛飛著。

一九五四年中共決定攻占大陳島北方的門戶一江山島，以瓦解大陳島防禦。十一月以後，中共解放軍空軍和海軍航空兵的戰鬥戰、轟炸機頻頻出動，專事驅逐國軍戰機，並密集轟炸停泊在大陳港內的國軍海軍艦艇。此期間，我海軍登陸艦「中權號」、護衛艦「太平號」、砲艇「洞庭號」等多艘艦艇，相繼被擊沉，中共解放軍漸取得制空、制海權，使得距大陳島北方十六公里的一江山，陷入孤立無援的境地。

十一月十八日，中共解放軍對不到二平方公里的一江山，發動陸、海、空三軍協同作戰，指揮官王生明將軍所率一千名守軍雖浴血奮戰，仍不敵海、空掩護下，如潮水撲來的解放軍，終於不敵，一江山宣告失守，大陳島北方門戶大開，也正應驗了當時國防部長俞大維所言：「一江山若陷，大陳不保，台灣垂危。」

那一年冬天，中共解放軍日以繼夜地對大陳島實放砲擊與空襲，父親曾親眼目睹一艘被砲彈擊中的船艦甲板上，全身著火的士兵，不斷地翻滾哀嚎至死；父親也曾站在山崖上，望見砲聲隆隆的一江山，硝煙四起，殘破的軍人屍體，不分國、共，一具具順著海流漂來，猙獰的死狀，令人慘不忍睹；至於平民百姓橫屍街道山野的景況，更如人間煉獄般，令父親膽顫不已，唯恐下一刻變成自己或家人遭此橫禍。

「那天清早，天際那頭才濛濛地亮了起來，我聽到嗡嗡轟轟的聲音從天空傳來，趕忙跑出門看，就看見共產黨的飛機低空從眼前掠過。」父親回憶起第一次遭遇空襲的情景。

父親和許多大陳島的鄉親，都在那一天，首次真實地體驗什麼叫「空襲」。

一九五四年十一月一日，那是共軍首次發動的第一波拂曉攻擊，由三十架杜—二轟炸機、三十架蘇式米格—十五型殲擊組成混編機群，由杭州筧橋機場起飛，迅雷不及掩耳地襲擊大陳島的陣地與港口。父親目睹一組機隊，低空掠過父親的頭頂，當時他們並未將目標設定上大陳島的村落，而是鎖定正在海港從事調防任務的國軍登陸艇。

父親站在山崖望向海邊，看見解放軍的戰機，先用機槍對著海面上的登陸艇掃射，緊跟在後的轟炸機則拋下炸彈轟炸國軍的船艦。但這波的突襲顯然沒有達到效果，那艘被鎖定的登陸艇未被直接炸中，僅在艦艇四周激起一柱柱沖天的水花，於是登陸艇趕緊駛進一處岩灣裡，成功躲避了空中的火網，得以倖存。

但那只是第一波的攻擊，從十一月一日到四日，共軍人民空軍航空兵第二十師對上、下大陳島共發動了四波的空襲，出動一百一十架次，投彈千餘枚，第二波攻擊離岸較遠的軍艦，但似因訓練不足，亦未命中；第三波則炸毀下大陳島縣政府附近的若干設施與建築，導致部分軍民的傷亡；到第四波空襲時，父親已躲進住家土坡旁，一處自挖的「防空洞」裡，踞高看到山下海灣裡，一艘載著士兵與物資、準備靠岸的登陸艦，被轟炸機投下的炸彈直接命中，登陸艦的甲板上立刻燃起熊熊烈火，隨後延燒到艦艇上的油料與砲彈，引發巨烈爆炸。只見幾位士兵全身著火，在甲板上翻滾哀嚎，直至氣絕；也有好幾個士兵跳進海裡，卻因為海水太冷，游不多久便凍死海上。只有一個士兵，靠著無比的毅力，奮力泅渡酷寒而湍急的海潮，終於游上岸邊，撿回一命。至於那艘爆炸的登陸艦，在沉沒前，甲板上四射的火焰，還引燃了岸邊的一處邊坡，火勢在草叢間立刻蔓延開來，燒掉了半座山丘。

在解放軍正式展開空襲之前，「大陳區行政督察專員公署」即透過傳單、公告、廣播及派員挨家挨戶宣導，要求每家大陳居民自尋掩蔽處所，依自家人口多寡，挖好防空洞以躲避空襲，但誨爾諄諄，聽我藐藐，包括羅家在內，大多數的大陳居民不以為意，頂多虛應故事，挖個一尺深的淺坑，敷衍一下，直到猛烈的空襲臨頭，一波波解放軍機隊投下炸彈，一幕幕血淋淋慘狀在眼前真實上演，大家終於意識到事態的嚴重性，各家各戶這才開始積極動員，挖掘防空洞。

「我們全家人都被這一波空襲嚇死了，這是我們以前從未經歷過的事。第二天一早，我和你叔叔羅冬，我們這兩個當時還算有點力氣的羅家男丁，在你祖父的命令下，到家附近的一個山壁挖掘防空洞。」父親說。

父親和羅冬叔叔這一對兄弟，拿了鏟子，拚了命地挖，整整挖了一天，兄弟倆的手都磨破流血，好不容易挖出了一個可以讓全家人睡在裡頭的防空洞。只不過這個讓父親挖到精疲力盡的防空洞，一旦被砲彈直接命中時，父親懷疑它究竟能發揮多大的防護效果？

「說穿了，那只是徒具心理安慰作用的一個大坑洞而已。」父親已親眼目睹炸彈爆炸的威力，一般老百姓憑直覺挖掘的防空洞，還必須依賴絕佳的運氣，才能保命。

自從第一次空襲後，整個冬天，大陳島就陷入了常態性空襲的威脅，每隔一、二天就會有共軍軍機臨空轟炸。

剛開始，大陳島還設有警報台，會發出空襲警報，但在幾天後的一次空襲中，雷達站和警報台均被炸毀，島上國軍改以在高處升旗代替警報，一旦升起二面紅旗，就代表敵機將來，但是二面紅旗升上去後，再也降不下來，這表示全天都處於空襲威脅之中，因為對岸解放軍的戰機幾乎一起飛，就到達大陳島的上空，紅旗的作用已非預警，而是昭告全島軍民，這個島正處於危急的戰爭狀態。

從此父親一家人，幾乎每晚都睡在防空洞裡，懷著恐懼的心情，忍受蟻蟲的叮咬與寒冷的侵襲，誰也沒把握今晚睡了，還見不見得到明天的太陽，而一整個冬天就這麼過了，直到一江山戰役開打。

從一九五四年十一月起，中共解放軍連續三個月密集空襲大陳島，出動數百餘架次的飛機，投彈數千枚，國軍艦艇遭擊沉六艘，損傷十餘艘，國軍戰機也遭擊落十餘架，至此，國軍艦艇不敢在白天停泊大陳島，國軍戰機也無法支援大陳島領空，中共解放軍封鎖大陳戰區的領空與海域，並於一九五五年一月十八日，對一江山島發動陸、海、空聯合渡海登陸作戰。

一江山島的戰役歷時三天，震天價響的砲聲不絕於耳，父親站在山崖上遠遠眺望一江山，先是數十架轟炸機進行一小時的轟炸，摧毀多數陣地，隨後榴彈砲、海岸砲、野戰砲、艦砲齊放，數萬發砲彈如暴雨般落在這小島，處處捲起沖天的火焰，整個島像火山爆發似的，被重重的煙塵包覆起來。時至中午，數百艘載著中共解放軍的機帆船、登陸艇等各式船筏，載著數千名解放軍，像潮水一樣撲向一江山的海岸。

父親曾聽鄉親說，一江山上的守軍，他們有些人是從大陸逃出的知識分子、鄉長或地主，和共產黨有著深仇大恨，所以奮力抵抗、拚死一戰，但父親實難想像，一江山一千名的守軍，在這彈丸之地，遭受來自空、海、陸如此猛烈的攻擊，竟能堅守三天。雖然最後一江山仍然被攻陷，指揮官王生明將軍也壯烈殉國，但奮勇禦敵的他們，也讓共軍付出死傷慘重的代價。

一江山淪陷後，政府怕軍心動搖，為鼓舞軍民士氣，國民政府宣稱全部守軍寧死不屈，戰到最後一兵一卒，全數陣亡，但後來是否全數陣亡，也開始有不同說法，陸續出現若干當年被俘的官兵，直到台灣解除戒嚴，兩岸開放往來，才有機會返回台灣，對這些人而言，卻再也喚不回原該風華正茂的青春歲月，徒留命運的悲嘆而遺憾終生。

自中共解放軍占領一江山後，大陳島全島均曝露在解放軍一〇五榴彈砲射程之內，幾乎日日都從一江山砲轟大陳島，又加上解放軍轟炸機一波波的空襲行動，大陳島無法固守，已是任誰都可看得出的定局。

一九五五年一月二十日，國民政府眼看大勢已去，與美國政府協商之後，由美國透過蘇聯政府協調中共，暫緩發起對大陳島的攻島作戰，在一致的默契之下，由美國第七艦隊負責海空掩護，整島軍民全部撤離大陳島，此一撤退計畫，被命名為「金剛計畫」，並在一九五五年二月八日上午九時開始執行。

自一九五五年一月二十一日至二月八日，美軍調集航空母艦、驅逐艦、重巡洋艦、掃雷艦、運輸登陸艦等數十艘大小船艦，戰機數百架，由美第七艦隊司令普立德親率艦隊，配合我方十二艘運輸登陸艦，協防大陳島撤退事宜。二月八日起至十二日，在美國海、空軍大批艦艇及數千餘架次飛機護航下，大陳主島及周邊相關島嶼數萬軍民依序全數登艦，航向台灣，中共解放軍不費一兵一卒、未發一槍一彈占領大陳島。「天空全是飛機、海上全是軍艦，整個大陳島都被機艦密密麻麻地層層包覆，我這輩子從沒看過這麼壯觀的場面。」父親對當年撤離大陳島前的情景記憶猶新，對於從未經歷戰爭的我而言，大概只能從麥可·貝執導的電影——《珍珠港》，一片布滿海上、天空的日軍機艦，來想像父親當年看到的壯闊場景。

那是父親在大陳島最後的一個冬天，慘酷的戰爭所帶給年少父親的，是此生無法抹滅的恐懼記憶，至於整個家族的命運，也從那個冬天伊始，面臨重大的轉變。台灣，這個陌生的地名，究竟代表什麼意義？沒有人知道。唯一清楚的是，要離開這個世居的島嶼固然痛苦，但只要能活著離開，沒有淪為槍砲子彈之下的冤魂，不可測的未來，依然充滿希望。

第10章　第七艦隊行李工

天剛拂曉，東方海面那顆碩大的太陽才剛剛金光燦爛地升起，不一會兒，又被層層的烏雲遮蔽，約莫零下的氣溫，天空飄下的雨絲挾著寒氣，像針一樣刺人毛骨，從海上颳來的強風，在山谷水澗轟轟呼嘯著，一片淒風苦雨的情景，彷彿末日來臨的前刻。此時，整個大陳島正陷入騷動，家家戶戶都在翻箱倒櫃，整理早已捆好的家當，其間夾雜著呼爺喚兒的吆喝、哭天搶地的哀嚎，全副武裝的士兵，一列列、一隊隊走過街道，載運物資的軍車，不斷來回穿梭，港口塞滿了各型的艦艇，天空布滿巡弋的美軍軍機，遠處的海面，美軍的航空母艦、巡洋艦、驅逐艦，重重布列在大陳海域，唯獨連日不斷對大陳島砲擊轟炸的解放軍砲兵、航空兵，突然消聲匿跡了。

這一天，一九五五年二月八日，大陳島撤退，國民政府執行「金剛計畫」的第一天。

依據「金剛計畫」實施內容，美軍第七艦隊負責海、空、陸掩護、掃雷、警衛、軍民載運撤離，載運路線則有上大陳四個灘頭、下大陳三個灘頭。「大陳區行政督察專員公署」將住民以村為單位編隊，隊設隊旗、人佩名條，以利識別，每人發給數日糧食。

雨勢愈來愈大，寒風刺骨，道路泥濘難行，大陳鄉民個個背負三、四十公斤的行李，攜老扶幼，湧向海岸灘頭，踩過臨時搭起的浮板，登上一艘艘登陸艇，再頂著海上五、六級的大浪，被接駁到飄揚著星條旗的美國第七艦隊的軍艦上，直到此刻，所有的鄉民這才回首世居超過一個甲子的島嶼，心頭湧起告別家鄉的哀傷和離愁，也有很多人認為不用多久，就會再隨國軍收復故居，僅僅收拾簡單的細軟離鄉，卻不想這一別竟是一生，一萬八千名的大陳鄉民，從此漂流到了台灣，落地生根、成家立業，台灣，雖是老一代的異鄉，卻成為下一代的家鄉。

自從一江山在除夕夜被中共解放軍攻陷之後，整個過年的年節裡，大陳島不斷承受來自解放軍無情的空襲和砲擊，軍民傷亡時有所聞，尤其原本是大陳島北方鋼鐵屏障的一江山，現在反過來變成一把直指要害的利刃，島上軍民人心惶惶，人人自危，大家心知肚明，大陳島淪陷只是時間的問題，國民政府是撤是守?決定全島軍民是生是死的命運。

一江山在中共解放軍陸、海、空聯合攻擊下，血流成河、屍橫遍海的情景，大陳鄉民歷歷在目，繼而想到解放軍一旦揮兵攻打大陳島，家園成為焦土，親人屍骨無存，怎不令人膽顫心驚？而國民政府又不斷宣傳共產黨在中國大陸恐怖統治的手段，更令鄉民惶惶不可終日，難有一夜安寢。所幸國民政府最後做出全島撤離的決定，軍民莫不額手稱慶，心中一塊大石終於放下。

根據「大陳區行政督察專員公署」的撤離計畫，居民以村為單位，編成一個大隊，每大隊有三個中隊，每中隊有三個分隊，當時祖父羅啟明是大陳島建國村五鄰鄰長，接獲里長通知，要到關帝廟開編隊會議，里長依照上頭指示，要求各鄰鄰長詳細統計各鄰人數、鄉民基本資料，再由里長彙報上去，以利公署製發疏散證，分配撤離登艇的梯隊。

但當時祖父因痔瘡去給軍醫所的醫官開完刀後，術後嚴重感染，已在床上躺了一個月，連走路都要人攙扶，根本沒辦法赴會，於是就由身為長子的父親代表出席。

父親記得第一次通知開會大約在傍晚六、七點鐘，吃完晚飯，父親步行出門，必須越過一個山頭才到關帝廟，一路寒風襲人，加上連日大雨，山路盡是碎冰泥濘，又濕又滑，苦不堪言。會議上的大人七嘴八舌，討論的內容十分瑣細，他一個少年，根本插不上嘴。這會議一直開到三更半夜才結束，父親只得獨自摸黑回家。回程行經山頭的墳場，一座座墓碑像鬼魅似的蟄伏在黑暗中，又像一張張慘澹的鬼臉，瞪視著父親，細雨依舊綿綿不絕地下著，冷冽的風像鬼哭一樣地嗚咽，嚇得父親寒毛直豎，只得加快腳步，好不容易回到了家，跨進家門的腿，還兀自發抖著。

這樣的會議一連開了好幾天，每次都開到半夜三更，以至於父親都得頂著淒風苦雨，穿越墳場返家，他極不願意參加開會，卻又沒辦法不去，直到村里相關資料終於彙整呈報上去了，所有鄉民才開始著手整理攜行的家當，等待撤離的命令下達。

臨撤退前兩天，還有個小插曲，公署突然發布了一個命令，超過十八歲的青年要立刻從軍，並且鎮守在大陳島，不能跟著去台灣。父親當時才十七歲，但硬是被軍隊徵兵單位判定為十八歲，要求他立刻去指定處所報到，準備發槍入伍，家人們為此都嚇壞了，父親若真被留在大陳島，和解放軍決一死戰，一江山的殷鑑不遠，那跟送死有何差別？所幸沒過多久命令又改，全島軍民全數撤退。

父親雖然不用從軍，但在撤退當天一大清早，還是被軍隊徵召，編入後勤單位的行李工，協助部隊打包公文器材，搬運軍需物資。

「當時我的心裡非常氣憤，你祖父臥病在床，不良於行，撤退時，還是讓人用擔架扛上軍艦的。家裡的成年人只剩下你祖母、你大姑姑和我三個人，我的四個弟弟、兩個妹妹年紀都很小，別說搬行李了，你小叔叔、小姑姑那時候還得讓人抱著的，家裡一團亂，我卻被部隊徵召當行李工，心裡真的氣得要命。」父親說。

父親惱怒部隊的人太沒同情心，完全漠視羅家的處境，竟把家裡唯一壯丁的他抓走，他一直擔心家裡的行李沒人打理，只要一逮到機會就溜回家幫忙，其間溜了兩次，又被部隊派人抓回去兩次，所幸管理的軍官，同情父親的境況，並未處分父親，而藉這兩次回家的機會，父親總算幫忙搬了好些家當上船。

從一大清早替部隊搬運大大小小裝箱打包的軍品物資，每一箱輕則二、三十公斤，重則五、六十公斤的物品，都是由人頂著寒風冷雨，踩過泥濘濕路，肩扛上船，但一整天下來，部隊卻只在早上發給每人一包乾糧果腹。

所謂的乾糧，就是軍隊配發，一包八片的營養餅乾加四顆薑糖，兩片餅乾夾一顆薑糖配著吃。可是父親扛了一整天的軍品物資，這一丁點的餅乾，沒有三兩下就吃光光了，飢腸轆轆，體力付出又大，到了下午，整個人頭昏眼花，覺得像要暈倒了。

直到晚上，父親總算把部隊交付的搬運工作做完，急忙衝回到家裡，家中早已空無一人，但還留下兩大袋的行李，想是祖父母猜測父親做完工作還會回家一趟，因此騰不出人手搬走的行李，就留待父親回家，再帶上撤離的船艦。

此時山下的港口燈火通明，人聲鼎沸，遠處海面的軍艦也是全艦燈火，照得海面一片明亮，天空灰霾的雲層裡，來回巡弋的美軍戰機，不時傳來轟隆的聲響。父親形隻影單地坐在家門門檻上，望著這間從出生到長大的祖厝發呆，家裡窗明几淨，桌椅整齊陳列，想是家人在離去前，曾經打掃整理過了，大家畢竟都還相信政府的話，不久的未來，國軍就會反攻大陸，收復失土，家人鄉親就能跟著國軍重返大陳的家園，只是這個不久的未來，究竟是多久呢？是一個月？三個月？還是一年？三年？

父親走回屋內，懷著落寞的心情，扛起兩大袋的行李獨自步行到海邊的灘頭，順從岸口憲兵的指揮，搭上一艘登陸艇，再登上第七艦隊的軍艦，在父親印象中，那是一艘三層樓層的船艦，艦名叫什麼已不記得了，只記得龐大的艦橋結構宛如城堡般雄偉，艦首的巨砲昂揚指向天際，彷彿連月亮都可以轟得下來。父親站在甲板俯瞰海面，一切盡收眼底，相較於父親過去搭過的舢舨船、雙桅帆船、機帆船，乃至於登陸艇，這是他搭過最先進的一艘船，也是他看過最壯觀的一艘船。

偌大的船艙裡擠滿了士兵、軍眷、百姓，卻沒有父親認識的人，沉悶的空氣，混雜濃烈的汗臭味、鹹重的海水味、嗆鼻的油料味、雨天的霉濕味、衣褲上的爛泥味，但一日的奔波勞頓，此刻終於可以稍事歇息的父親，對於空氣中的異味與吵雜喧譁的人聲，已經漠然不覺。當心情沉靜下來，腦袋有了思考的餘裕，父親開始覺得忐忑不安，他不知道祖父母及他的姊姊、弟妹們是否平安登船了？身體虛弱又行動不便的祖父現在狀況如何？雖然知道艦隊航向的目的地是台灣的基隆港，但對於那個陌生的地方一無所悉的父親，也不確定上岸後，是否可以順利找到家人？父親不禁又在心裡埋怨強行徵召他搬運行李的部隊，害父親與家人失散，萬一再也找不到家人，該怎麼辦？至於到了台灣怎麼維持一家的生計，亦令父親感到憂心忡忡。當無數的問號湧上心頭時，父親更覺徬惶，不知何去何從？

除了憂心著未來，父親也開始回憶過往的點點滴滴，這座自己生於斯、長於斯的島嶼，真的還有機會回來嗎？

軍艦終於鳴笛啟航了，一股濃濃的鄉愁，重重籠罩父親的心頭。

航行到午夜十二點時，艦方通告開伙，伙房端出一鍋又一鍋噴香的米飯，自從共軍透過空襲、砲擊截斷台灣對大陳島的運補後，早已多日不知米味的父親，思家想親的念頭才被這飯香打斷，早已飢腸轆轆的他，已經十幾個小時沒吃任何東西，似乎很多人也和父親一樣餓得發昏，所有人圍著鍋子爭先恐後地搶飯吃。

其實艦方準備的米飯分量充足，絕對足夠所有人飽餐一頓，但大家唯恐餓著肚子，爭先搶食，但當時海象不佳，六至七級的巨浪，令船艦顛簸得厲害，很多船客飽食後，根本經不起一路顛晃的航程，陸續有人開始暈船嘔吐，把吃下的飯全吐了出來，還有人連胃液膽汁都嘔出來。所幸父親似乎對暈船免疫，他大口大口吞了兩大碗的米飯，這才恢復體力，隨後他回到被分配的艙房，一排排掛著雙層吊鋪的床位，精疲力盡的父親，爬上自己的吊鋪，不一會兒就沉沉睡去。

不可測的未來蟄伏在黑夜的海上，雄壯的軍艦乘風破浪，循著既定的航線，載著這群被迫離鄉背井的人們，航向看似光明的未來，而他們此刻的夢正彼此依偎著，等待一夜夢醒，迎接他們的，將是新的曙光。

第11章　初遇基隆

「爺爺，你什麼時候搬到基隆來的啊？剛來基隆的時候，你對基隆有什麼印象呢？」我那讀小學三年級的女兒敏敏，以天真爛漫的稚音問她的祖父。原來她的社會課老師出了一個題目，要學生們訪問家人，談談他們所居住的城市，並做成一篇訪談紀錄。

對於剛到基隆的情境，父親有好多年不曾提起了，但孫女敏敏這麼一問，首次踏上基隆港岸的景況，竟像一部黑白的懷舊電影，一幕幕在腦海裡栩栩如生地呈現，每一塊場景、每一片景致、每一個接觸過的人、每一件發生的事，就像潺潺溪水般在心頭流淌滑過，歷歷在目，恍如昨日。

「爺爺第一次到基隆的時候十七歲，才大妳七歲喔！那個時候的爺爺，是搭上美國第七艦隊的大軍艦，從浙江大陳島來到台灣基隆港……。」

一九五五年二月十日的清晨，父親搭乘的美國第七艦隊軍艦，經過一夜急航，天還沒亮就行抵了基隆港的外海，但船並沒有直接駛進基隆港，而是在外海下錨停泊。

鏘鎯鎯鎯鎯！

下錨時的巨大聲響，把睡在吊鋪的父親驚醒，美軍透過廣播，要船艦上的軍民著好裝做離艦準備。揉揉還沒有完全睜開的惺忪睡眼，心中滿是好奇的父親，穿好衣服，便跑到甲板，想要看看基隆長得什麼樣子。

當父親走出艦艙，上了甲板，景色灰濛，寒風刺骨，天空飄著細雨，父親心想：「這真是個巧合，我離開大陳島時，不算多雨的大陳島正在下雨，而來到基隆，也在下雨，難道這片雨是從大陳島一路跟過來的嗎？」

直到父親後來長住基隆將近半世紀，這才知道，基隆是個雨天超過晴天的山城雨都，父親踏上港岸的那一天是雨天不叫巧合，是晴天可能才算「巧合」。

天未亮透，父親從甲板上隔著濛濛天色遠眺基隆，父親非常驚訝，基隆的山頭竟烏壓壓地站滿了人群。

「基隆的人口真是多啊！竟能把一座座的山丘給占滿呀！」這是父親看見基隆的第一個印象。但等到天空透亮、視線變得更好時，父親不禁啞然失笑，原來遠方的山丘並非站滿了人群，而是一片片蒼鬱茂密的樹林。由於在大陳島上的山丘樹木相對稀落疏少，所以當父親看到基隆遠方丘陵上一叢叢的樹頭時，壓根沒有想到那是樹木，才會誤以為是人群。

當海上的薄霧漸散，天色明亮了，美軍軍艦這才又收起了錨，緩緩駛入基隆港第十八號碼頭，父親提著兩大袋行李下船，初次踏上基隆這個山巒環繞、細雨綿綿的港灣城市，父親未曾想到，基隆與父親未來的大半人生，從此結下不解之緣。

「這位小哥，你不用自己拿行李，我來拿就可以了！」一個穿著戎裝、年紀約莫十四、五歲的少年兵，父親一下船就趨前要幫父親提行李。

「這是我自己的行李，就不麻煩你了！」父親有種受寵若驚的感覺，不好意思麻煩人家，因此堅持自己提行李。

「小哥，你別為難我，我被長官分派來幫船上民眾搬運行李，你不讓我提，我回去反而會被罵。」少年兵也很堅持。

「那好吧！真是謝謝你，對了，你叫什麼名字啊？」父親滿懷感謝地問小兵。

「我叫南仔，啊！裡面裝什麼啊？怎麼那麼重！」少年兵一邊報名字，一邊要幫父親提起其中一袋行李。

原來父親的行李中除了衣物等細軟外，還裝著重達好幾公斤的古銅錢，所以特別沉重。

「不好意思，裡面裝了很多的銅錢，所以很重，你提不動兩袋的，我們一人提一袋吧！」父親看個兒矮小的南仔沒有多大的力氣，便分回一袋行李自己提著下船。

「歡迎大陳義胞來台灣！歡迎大陳義胞來基隆！」基隆港岸邊，早已圍滿大片的群眾，一陣陣歡呼的口號熱烈響起，四處建築物的牆面貼滿了各式歡迎來歸的標語。對於基隆民眾的熱情，從沒見識過任何大場面的父親，顯得手足無措，加上在大陳島撤退時和家人走散，對於夾道迎接的群眾，反而令父親惶惶不安。

早餐還沒吃的父親有些餓了，看到路邊有個水果攤，攤上放著各式水果，有些水果是父親從未見過的，其中有一種外皮金黃、一根一根結成一串、每一根都細細彎彎呈長條狀的水果，立刻吸引了父親的注意，心想怎會有這麼奇特的水果？

「請問這是什麼東西？」父親趨前詢問水果攤的老闆。

「這叫香蕉。是台灣的特產，非常好吃，你要不要試試？」老闆以一種帶著濃重台語腔的國語說道。父親費力聆聽，才終於聽懂老闆在說什麼，事實上，父親自己講的國語也有很重的鄉音，兩人必須比手畫腳才能聽懂彼此的意思。

「那一根要多少錢？」在好奇心與飢餓感的雙重驅使下，父親想買一根來吃。

「新台幣五角。」

「什麼，五角？這麼貴喔！」父親皺了皺眉頭。

「香蕉很稀有，所以價錢會貴一些，但真的很好吃，我保證你吃了不會後悔！」老闆眼神狡黠，拍胸脯向父親保證。

父親思索了一下，從行李中掏出一把古銅錢問：「我用這銅錢買好嗎？」

「銅錢，我不收銅錢，這東西在這裡不值錢啦！」老闆答道。父親這才知道，辛辛苦苦從大陳島背來那好幾公斤的銅錢根本不管用，老闆不收。父親只好拿出祖父羅啟明在大陳島時給他的一枚稱為龍圓的銀元。

「這個可以嗎？船上的軍官告訴我，一個龍圓約可以折換十元新台幣。」父親雖然嫌貴，但按捺不住少年人想嘗試一下的好奇心，也許真如老闆說的，這是很特別的東西才這麼貴。

「沒問題！沒問題！這個我收！」老闆喜孜孜地準備接下龍圓，此刻，一位綁著長辮子的少女從店門內走出來，她拉回老闆的手說：「阿爸，你又在欺負老實人了，人家是大陳義胞，政府說大家要歡迎他們、照顧他們，你都不聽話喔！」少女轉頭對我父親說：「香蕉在台灣很平常，你不要被我爸爸騙了！」

接著少女隨即拔了一根香蕉說：「這根我送你，算是替我阿爸向你賠不是！」

「妳又在多管閒事！」老闆碎念了一會，但好像拿這個好心腸的女兒就是沒辦法。

父親想拒絕這根免費的香蕉，但少女已經用她纖細的手把香蕉的外皮剝開，塞到父親的手上，父親猶豫了一下，這才吃了一口，厚滑的蕉肉入嘴，一股濃甜軟實的口感，好像把整根舌頭都包覆起來，父親驚奇萬分，忍不住說道：「怎麼會有這麼好吃的東西！妳爸爸沒有騙我！真是吃了不會後悔！」

可能是父親的神情太過誇張滑稽，少女噗哧笑了出來。

在大陳島上別說沒有香蕉這種東西，就是一般的水果本身都是飄洋過海而來的奢侈品，有時會有一些商販從大陸挑水果來大陳島販賣，包括水蜜桃、乾楂、楊梅等，但很少人會買水果來吃。在大陳島，小孩子都是去山上採摘大陳人俗稱「紅苗」的野莓或者桑椹，充當零嘴來解饞。

「你怎麼還在這裡？大家都到報到處報到了啊！」一位大陳老鄉望見父親杵在水果攤前，過來催促父親快去報到，然後才會被分派到不同的安置所。

正待轉身離開時，父親忽然瞄到少女腳上穿著木屐，裸露出腳踝的肌膚，這在大陳島是不曾見得的，在大陳島，男生常常打赤腳走路，但是女人卻個個穿著纏了足的三寸金蓮，沒有女人可以隨意裸露小腳的，不由得令父親替這少女感到難為情。

「怎麼了？」少女看到父親一直盯著她的腳看，納悶地問。

「哦！沒什麼！沒什麼！」父親趕忙跑走，在前往報到處的路上，父親又看到了幾個穿著木屐，露出足踝肌膚的女子，這才明白，在基隆這樣的穿著原來很尋常的。

到了報到處後，父親在服務人員的引導下，被分配到基隆市中心、離田寮河不遠的仁愛國小安頓，那是安置一萬多名大陳民眾的其中一處安置所。

政府規畫出部分的教室，提供大陳老鄉就地打地鋪，生活起居都在學校裡進行。雖然離鄉後的忐忑心情並未平復，但由於政府的強力動員，同時呼籲基隆民眾要盛情歡迎大陳義胞，全力協助政府安置工作，因此來自各界捐輸的物資食品充裕，對父親而言，在仁愛國小短暫生活的期間，是他有生以來最為「豐衣足食」的一段日子。

「哇！每一餐都有肉，雞肉、魚肉、豬肉……。」父親對編在同一間教室的同齡老鄉阿富說。

「對啊，還有吃不完的菜，高麗菜、菠菜、番茄；無限供應的米飯，餐後還會配送熱湯，太不可思議了。」阿富也忍不住讚歎起來。

大陳島是貧瘠的偏荒小島，物資非常貧乏，一般民眾的正餐主食是以地瓜為主，米飯並不常吃，肉類更是只有逢年過節才可能拿出來打打牙祭，在大陳島長大的父親，自有記憶以來，從來沒有這種日日「吃到撐」的飽足體驗。

初期父親幾乎是發了狠勁地猛吃，大魚大肉，一碗接一碗，能往肚子塞多少就塞多少，父親尤其愛吃豬肉，幾乎毫無節制地吃，好像想把有生以來少吃的肉食一次補回來，但不消幾天，父親竟也吃膩吃厭了。

「人就是這樣奇怪，沒得吃的時候，想吃得要死；現在有得吃了，竟然吃到厭食了。」父親感嘆著，從小生活在貧困的大陳島上，從來未曾想過會有吃肉吃到厭膩的一天。

由於政府擔心對基隆環境不熟的大陳民眾，離開安置所後會發生爭端糾紛，為了方便管理，管理員於是下令，安置所內的大陳民眾未經允許，不得外出。

「我們溜出去走走吧！在這裡多無聊啊！」在安置所裡憋了好些天，年輕氣盛的老鄉阿富，終於按捺不住，無視管理員的禁令，要求父親陪他溜出去，在這座異鄉陌生的城市蹓躂探險。

「這樣好嗎？我們又不認識路！萬一迷路回不來怎麼辦？」父親向來個性敦厚保守，對於違背禁令的行為，猶豫不決。

「不會怎樣啦！我看管理員也不過是隨便說說而已！而且，你放心，我還會多找幾個人，大家一邊記路一邊玩，哪裡會這麼容易走丟啦！」阿富說。

於是在阿富的慫恿之下，父親和幾個年輕的同鄉便偷偷溜了出去。

一行人好像古代人穿越時空來到現代城市一樣，對周遭每一件事物都感到新鮮有趣。基隆的港景山色、基隆街上的日式建築與寬闊道路、基隆人光鮮亮麗的穿著、來往川流不息的車輛、當地人說話的方式與神態，尤其閩南獨特的腔調，雖然聽不懂，卻在大夥的心頭，傳遞著一種異鄉的情調，處處引人入勝，令人心喜，這座熱鬧非凡的城市，遠勝於父親兒時記憶中的溫嶺縣城。

「告訴你們，前天我偷溜出來，發現一個好東西，我帶你們去嘗嘗！」其中一位早有偷溜經驗的老鄉說。

「到底是什麼好東西？」父親問。

「我帶你們去吃冰！」他得意地說。

「吃冰？你說的是冰？你騙人吧，現在這種天氣，又沒下雪，哪來的冰？」父親一副不可置信的樣子。

「我說的是真的喔！我知道有一家店在賣冰，那冰叫做『冰淇淋』，我帶你們去吧！」那位老鄉言之鑿鑿，就差沒對天發誓。

大夥抱著半信半疑的心情，跟著這位老鄉走到安瀾橋附近的一家冰淇淋店。

店家各遞了一支冰淇淋給老鄉們，父親目瞪口呆地看著這乳白色圓球狀的「冰」，嘗了一口，真的是冰，但又和冰不一樣，淡甜的香味，含在嘴裡滑滑潤潤，有如一觸即化的冰絮，這又是一項從未品嘗過的「天堂美味」。

在大陳島，冰這種東西只有在隆冬時才會以方塊狀出現在市面，因為沒有任何的冷凍設備，只要天氣一暖，就不可能看得到冰，更遑論對大陳島人而言，這一球一球美味至極的「冰淇淋」。

父親置身在這座處處呈現驚喜的城市中，盡情地品味他過去一生中從未體驗的每一件事物，也藉此相當程度沖淡了心中那股離鄉的愁情，以及與家人失散的憂悶。

又過了好些天，父親巧遇一位在駐防大陳島時就住過自家祖厝的排長，那位排長曾對父親關照有加，和羅家人也都熟悉。

「排長，你在軍隊裡工作，可不可以幫我一個忙？我在大陳島登船時，和家人走散了，你可否幫我打聽看看，他們在哪裡嗎？」父親請求排長。

排長一口答應，隔天，排長在探得消息後通知父親：「你的家人都很平安，他們被安置在八堵的基隆高中。」

「太好了，你可以帶我去找我的家人嗎？」父親問。

「哦！這有點難，八堵離這裡還有一段距離，我暫時沒空帶你去八堵。但你也不用太著急了，我聽說，政府知道大陳義胞剛來時很混亂，分配安置時拆散了不少家庭，不久後就會重新分配安置所，你再等一下下吧！」排長拍了拍父親的肩膀，示意要他再忍耐一下。

父親想想，好像也只能等待了，至少得知家人都平安無恙，心裡總算踏實多了。

誠如排長所言，幾天後，政府又根據在大陳島所彙整的村里名冊，重新分配安置所，父親在大陳島所落籍的建國村，被重新分配到正濱國小安置，此刻父親才終於與祖父母全家團聚。但重分配後，也意謂羅家在基隆暫居的日子接近尾聲了，不久後，羅家就被政府再分配到花蓮的大陳新村，和上大陳約一百多戶的老鄉們定居下來。

和基隆道別的時刻到了，父親和家人再次提起行囊，遵循政府的安排，遷移到台灣東岸另一處陌生的地方——花蓮。而十七歲的父親在基隆這段短暫駐足的日子，原來也只是人生篇章的一段導言，十多年後，父親經過一番努力，終於考上基隆碼頭裝卸工人的工作，日復一日，不論晴雨，在港邊卸貨下船或扛貨上船，用自身勞力換取一家的溫飽，這工作一做轉眼就過了三十年，直到拉拔三個兒女大學畢業，各自成家立業。

基隆，這座時時飄著細雨的港都，它給予父親，乃至我們一家的哺育，早已遠遠超越了父親原生的故鄉——大陳島。

敏敏聽完爺爺悠長的敘述，雖然心領神會，卻似乎不知如何下筆記述所聽所聞，糾結的眉頭，一副傷透腦筋的憨樣，逗得父親發笑。我在一旁靜靜聆聽父親的回憶，歲月流金，我彷彿感覺光陰正在指間輕輕地流逝，父親的過去，牽繫著我的未來，正在我們跟前，頭也不回地溜走。

第12章　工人首部曲

如果沒有國共內戰、沒有一九五五年大陳島的撤退，我想父親應該會追隨祖父農耕打魚，繼承家業，在浙江外海九平方公里的上大陳島，生兒育女，終其一生。如果，我注定要成為父親的兒子，那麼我勢必也會跟著父親下田耕種，春播秋穫；跟著父親操作單帆漁船，視四季漁汛，在無常的大海上討生活，一如父親追隨祖父一般。然而時代的巨變，不僅僅改變了父親的命運，也改變了我們整個家族的命運。來台後，既無學歷，亦無一技之長的父親，只能成為當時台灣社會中最底層的工人，用自己的勞力餬口，撐起一家的生計，和母親一塊，孜孜勤勤撫育兒女長大成人。工人生涯期間，父親曾被高處墜落的貨物砸中送醫，險些喪生；亦曾因長期忍飢挨凍，罹患三期胃癌，全胃割除，雖又從鬼門關逃過一劫，但過去八十幾公斤的壯碩身體，一場大病下來，只剩下四十幾公斤的羸弱身子；這是我如今的父親，雖髮蒼齒搖，卻自在澹泊，他滿足於過去一生苦力的經歷，並在娓娓道來時，面露恬淡的微笑。

父親到台灣的第一份工作，就是在政府的召募下，在花蓮美崙政府撥出的一塊地，和一群老鄉建造自己的家——大陳新村，當時是一九五六年，父親十八歲。

「那時候的工錢一天六塊台幣，大鍋飯菜吃到飽，大家共睡自搭的工棚，也算包吃包住了。」父親回憶。

雖然錢少工苦，但這是一份幫鄉人親人重建家園的工作，越快蓋好房子，鄉親們就能越快在花蓮這塊新的土地上，重新扎根，開展新的人生，於是每個參與這份重建工作的老鄉，莫不全力以赴。不消幾個月，全新的大陳新村已然落成，鄉親依照政府的配置，逐一遷入新居，雖然只是水泥砌磚、柏油澆頂的平房，人人卻喜上眉梢。這群被戰爭逼著棄家毀園的人們，終於停止漂泊，在台灣東岸這塊瑰麗的新天地，重新落地生根。

幾個月沒日沒夜在工地蓋房子，父親從一個工地生手，竟也練就了當個工人的基本功夫，從扛磚挑沙、攪拌水泥、劈柴鋸木、板模砌牆，乃至水電接管、隔間裝潢，父親從生疏到熟練，而持續付出的苦力，亦讓父親鍛鍊出強健的體魄，為一生的工人生涯，奠下良好的基礎。

經過幾個月的辛勞，父親攢下他人生中第一筆小小的積蓄，年輕氣盛的父親，把一半的錢交給祖母，一半的錢拿去買了一套卡其服和一雙球鞋，以滿足當時追求時尚的虛榮心，向同儕炫耀他努力工作的成果。

「花起來很心疼，但穿起來很拉風！」父親為他這段工人生活的初體驗，下了這麼個總結。

不再有土地可以依附、不再有大海可以依存；曾祖父羅洪亮開拓的家業已在戰火中毀於一旦，而曾祖母羅李氏堅毅的身影，也和年少快樂的記憶，一塊留在那座只能在夢裡回去的島嶼。如今十八歲的父親，既無學歷，亦無專長，面對茫茫前程，若要自立自強，除了販賣自己的勞力謀生，似乎別無出處了。

於是新村的工作告一段落後，父親又找了一份鋪馬路澆柏油的工作，一天十五塊錢，在烈日曝曬、地面烘烤下，全身汗漬，汗流浹背，但父親甘之如飴，因為這份工作的工資，是建造新村的一倍。可惜一條馬路很快就完工了，父親開始到處尋求其他打零工的機會，但是時有時無，父親心有餘，卻機會不足，漸漸閒置在家的時間，遠遠大於出門打工的時間，而且根本賺不了什麼錢。

父親愈來愈感覺惶惑茫然，他不怕吃苦，但必須賺錢，尤其身為長子，他有義務分擔祖父母的家計，讓底下四個弟弟、兩個妹妹，能夠過飽食足衣的生活，但時不我與，父親對於未來，充滿了憂慮。

一九五二年九月，政府決定重建位於花蓮縣秀林鄉銅門村木瓜溪北岸的「銅門發電廠」，那是座建於日據時代的台灣第一座地下水力發電廠，設有八千瓩發電機三組，但在一九四四年間被大水沖毀。一九五六年，時年十八歲的父親在朋友的介紹下，參與了重建工程。

這是一份相對穩定的工作，卻異常辛苦。父親一報到，先擔任水泥挑夫，論斤計酬，一公斤水泥一塊台幣，須徒步從銅門把水泥挑到奇萊，約莫三十五公里的崎嶇山路。這個工作看似報酬豐厚，但真的去做，才知道非常難賺。力氣大有經驗的挑夫，一趟可以挑五十公斤，一天挑一趟賺五十塊台幣。父親有自知之明，第一天挑，只挑三十公斤，盤算由簡入深、從輕到重，體力應該可以負荷，而另外一位和父親年紀相當的表哥想賺多一點，決定挑三十五公斤。

他們兩個表兄弟從清晨四點多就摸黑出發，起初還算輕鬆，肩挑三十公斤的水泥，尾隨其他挑夫，循著上坡山路，一路疾走，期間兩兄弟還能有說有笑，但一個小時、兩個小時、三個小時過後，逐漸覺得雙肩愈來愈沉，兩腿愈來愈重，其他的挑夫雖然挑得比他們重，腳程卻比他們快，沒多久就遠遠拋開他們，在七轉八折的山間，消失了身影。在這人煙罕至的深山裡，兩個表兄弟心裡叫苦連天，但又不能半途而廢，只能硬著頭皮，舉步維艱地向前走。父親的表哥尤其痛苦，因為多背了五公斤，簡直快把他的背脊給壓斷了，途中兩人還嚎啕大哭了一場。

好不容易終於把水泥挑到目的地，已是晚間八點，山區黑影幢幢，兩人還得就著星光摸黑走山路回家，待回到家中，已不知是凌晨何時了。事隔幾天，兩個表兄弟心有不甘，又上山挑戰這份挑夫工作，發現真的是挑不動，這才決定放棄。

所幸工頭又把這兩個少年安排去做攪拌水泥的工作。工班一組四個人，都是大陳老鄉。「一包水泥、兩畚斗沙、四擔粗沙，倒水，攪拌！」那時可沒什麼預拌混凝土機，打水泥全靠人工，一遍一遍、一輪一輪地打，通常打個三遍，打好了，就有輸送帶把打好的水泥送到別處。父親等人再繼續打其他的水泥，此期間不能中斷，一定要打到好才行，所以有時候一打就二十四小時，不眠不休地打，打完一番可以休息好幾天。

在銅門發電廠工作期間，雇主並沒有提供伙食，三餐要自己打點，父親通常就是白飯配辣椒，只要把辣椒烤一烤咬著就飯吃，再加點梅乾菜，就打發了一餐飯。也不知道是不是當時辣椒吃太多了，父親後來一直有胃痛的毛病。

過了一段時間，工頭要父親這個工班改去木瓜溪挖沙、洗沙。這是一個糟糕的工作，不但辛苦，而且容易做白工。工班先到河裡挖沙淘洗，再用流籠把挖洗好的沙運到山上。但麻煩的是，溪況並不穩定，有時候大水一來，好不容易挖好、洗好的沙就會被沖走，遇到這種情形，一毛錢都領不到，倘若山洪暴發，還有生命危險。父親做了一個多月，因為賺不到錢，才決定放棄。

而後透過朋友介紹，父親爭取到銅門路段道路保養維護的工作，一天工資二十二元，一個工班約十七、八個人。當時花蓮銅門一帶的山路，土質鬆軟，極易坍方，一旦發生土石崩坍掩埋路面，保養班就要立即出動，清除路面土石，以確保道路暢通。這好比現在的蘇花公路坍方，立刻會有工班到現場日夜搶通，所差別者，現在都是用怪手、推土機搶通道路，父親那時候卻是一鏟一擔地清運土石，倘若又有土石在同地點落下，後果不堪設想。但是無論如何，這已是相當輕鬆穩定的工作了，父親做了近三個月後，工班解散，又回復四處打零工的窘境。

此後，父親曾到木瓜溪運木頭、太魯閣建小鐵路、豐濱鄉開墾農地，所有大大小小的工程，父親幾乎無役不與。

有一次強颱來襲，蘇花公路坍方，父親接到工頭的通知去清理道路，因為交通中斷，無車可坐，只好頂著狂風暴雨，徒步走進災區。父親隨著臨時工班，冒著風雨，日以繼夜挖石搬土，颱風雖已離去，但外圍環流仍然強大，海風呼嘯，海邊巨浪拍岸，沖起一道道飛天的水花，父親一直做了一個多禮拜，終於搶通蘇花公路，然而工作的報酬，是視土方清運的體積來計算，這一個多禮拜到底清了多少土石，又全由工頭說了算，結果父親只領了完全不符工作所得的少許工資回家，而且因為受了風寒，大病一場。

父親當時雖然年少，但早已對工人辛苦危險的工作處境瞭然於心，反正一個願打，一個願挨，就是拿自己的生命拚生計就是了。但是最讓父親難以隱忍的，就是遇到刻薄的工頭，不但苛扣工人的工資，甚至在工人完成工作後，工頭領到雇主的酬勞就跑了，可憐的工人連一毛錢也沒拿到，尤其父親年紀又小，有些工頭會故意欺負父親，令父親無可奈何。

所謂窮則變、變則通，經常遭到苛扣工資的工人們慢慢懂得提防不肖的工頭，要求工資必須每週結算一次，不會等到工作完工才算錢，這才稍稍有了一點保障。

父親記憶裡，也有隨著其他年輕工人們刻意戲弄工頭的趣事。曾有個工頭總是戴著一只手錶，他規定工人們一天中要扣除中餐及午休的時間，做滿八小時的工，並按照他的手錶來計算大家的工時。有天早上，工人們趁工頭不注意，偷偷把工頭放在工寮的手錶調快半小時，到了傍晚再調快半小時，結果那一天，大家就少做了一個小時的工，稍稍滿足內心反抗的快感。

至於父親提及當年的工人，是拿生命拚生計，並非戲謔之言，父親隨口就舉了好些例子。

「中橫剛開路時，我們大陳新村裡有個新婚的年輕少婦，每天定時上山幫工人們燒飯，有天就在她上山時，山腰剛好在炸山，大批土石滾流落下，當場就把她埋了，家屬連屍體都找不到，也沒有任何的賠償，死了就死了！」父親回憶。

父親還有個同齡的結拜兄弟，和父親一起去山上開路，同時幫忙運送土方，工程地點四周都是懸崖峭壁，稍一不慎就會跌落山崖。當時也是事發突然，父親那位結拜兄弟在前面推著車，不知怎地瞬間向前滑衝，父親眼睜睜看他連人帶車掉到百公尺的山崖下，當場摔死，時年才二十歲。活生生的人出去，變成一具冷冰冰的屍體回來，令家屬肝腸寸斷！

在花蓮近三年打零工的生活，直到父親二十歲接到兵單才暫時告一段落，兩年的兵役說長不長，說短不短，至少在保家衛國的同時，足以讓父親沉澱思索未來的人生，該何去何從？

第*13*章　三調婚嫁

一九五九年父親服役入伍那一年，懷著忐忑的心情，到高雄的新兵新訓單位報到，身上帶了幾百塊錢，卻在報到的當晚被偷個精光。這些錢都是父親在當兵前，四處打工攢下的一點積蓄，一次被偷光，在這個人生地不熟的陌生異鄉，內心的焦慮不言而喻。

父親想寫信給祖父，請家裡寄錢過來，卻連買郵票的錢都沒有，所幸一位熱心的班長送了父親一張郵票，父親才得以寄信告知家裡他現今的困境。

隔了幾天，父親卻收到兩份現金袋，令他百思不解，待拆開來看，一份是父親的大姊——也是我的大姑寄來的一百元，一份竟是我母親寄來的五十元。

其實二十歲的父親在服役那年入伍前，已在祖父母主持下，和大陳新村裡蔣家的女兒——也就是我的母親許下婚約，那年母親才十三歲。一個十三歲的小女生，以現今而論看似年幼，卻早已從十歲起就自己打工賺錢，當時的五十元，對母親來說不是小數目，但她一聽說父親在營中遭竊的窘境，便急著從自己幾年來打工攢下的積蓄中，寄給父親這筆錢。

我們大陳人有同姓不婚的習俗，但親上加親則是常有的事，因此表親之間的通婚並無禁忌。這是因為大陳島地狹人稀，可以婚配的適婚男女數量有限，若再限制表親間通婚，恐增更多的困擾，況且當時的鄉人，並無優生學的概念，不像現代，民法已明確規定旁系血親在六親等內禁止通婚。此外，大陳人的婚嫁觀念中，還有一項約定俗成的特例，就是「以嫁換娶」。你家的女兒若嫁給我家的兒子，我家的女兒就嫁給你的兒子，這帶有交易意味的婚嫁，母親稱之為「二調婚嫁」，原因是過去大陳鄉人多數生活清苦，這一嫁一娶間，雙方家庭只要口頭約定，即可省掉男方的聘金與女方的嫁妝，皆大歡喜。

起初我母親的婚事正是大陳新村標準的「二調婚嫁」，但婚配的對象並非我父親。原來我的外祖母最早的設想是我的舅舅娶姨婆的女兒，母親則嫁給姨婆的兒子，豈料才十三歲的母親卻極有主見，她非常排斥外祖父母的安排，還當著長輩的面前，把訂親的紅紙撕掉，對外祖母嗆聲：「要嫁妳去嫁，我是不嫁的！」

母親反對理由是這種血親間的「二調婚嫁」，看似簡單，卻極混亂，原本的阿姨、姨丈變成公公婆婆，表姊變成大嫂，光是稱謂就整個亂掉，而彼此血緣關係太近，母親怎麼想都覺得彆扭。由此可見母親當時年紀雖小，卻是設想周到，顧慮長遠。

但是問題來了，這樁「二調婚嫁」是外祖父母主動向姨婆家提出的，我的舅舅、母親的表哥、表姊等當事人也都首肯了，母親一個人卻打翻所有人的盤算，外祖父母不但丟不起這個臉，這樣的悔婚，也會傷及親戚間的和氣。

正當僵持不下時，母親卻提出了一個務實、理性的方案：「三調」。也就是母親的「蔣家」與姨婆的「梁家」，再加入父親的「羅家」，由這三家已屆適婚年齡的兒女一塊協談婚事。

其實羅家和蔣家在大陳島時並不認識，兩家人是到花蓮大陳新村後，經政府安置，羅家住明光路二五九號、蔣家住二五七號，兩家成了隔壁鄰居，這才彼此熟識。

對於母親的這個提議，連我聽了都覺得不可思議，但在十三歲的母親堅持己見下，所有的長輩也只能屈服，請我祖父母一塊協商羅、蔣、梁三家兒子的嫁娶，最後敲定我母親嫁給羅家的長子——我的父親；我的舅舅依然娶姨婆的女兒，但我的姑姑則嫁給姨婆的兒子，至此終於拍板，從二家的喜事，擴展成三家的喜事，母親就是在那樣的狀況下和父親訂了親，我戲稱之為「三調婚嫁」。

說真格的，對於母親才十三歲的年紀，就具備如此細膩縝密的心思與異於常人的勇氣，不得不令我佩服之至，但我也同時懷疑，是否母親對隔壁這位大她七歲的羅家哥哥早已心存好感，甚至心有所屬了，方才想出這個解套的絕妙方法，雖然父母親至今仍不承認，但我當做是心照不宣了。

問起父母親在訂婚後有沒有約會過？害羞的父親不願意回答，母親倒是大方回答。母親自小愛看電影，常常獨自跑去戲院看院線片，包括《梁山伯與祝英台》、《七仙女》、《狀元及第》、《鯉魚精》、《江山美人》、《鴛鴦夢》，母親如數家珍。父親得知母親喜歡看電影，有次便邀請包括母親在內的一群朋友一起去看電影，而不是單獨約會。這是因為當時保守的民風，訂了親之後，要盡量避開見面，父親不好意思單獨邀約母親，只好約一群人去戲院，但是從訂婚到結婚這三年間，父母親也只看過那一場記得是黃梅調片卻忘了是什麼片名的電影。

除此之外，父親還曾偷偷約母親去相館照過一張合照，總算是為兩人婚前青澀的模樣，留下永久的紀念。而這就是父母親婚前唯二的甜蜜約會了。

在金門服役那兩年，父親只能靠書信聊表對母親的思念之情，直到退伍返台，便和母親完婚，成就終身大事。

在大陳島上的傳統婚禮中，新娘穿戴的是鳳冠霞帔，用花轎抬到夫家；新郎則穿長袍馬褂，循古禮三跪九叩。但到台灣以後，大陳鄉親入境隨俗，父親結婚當時穿著西裝，母親則是白紗禮服。

據父親記憶，他結婚當天穿的西裝是么弟親手剪裁縫製的，母親則租了一套便宜的舊白紗禮服當新娘服。有趣的是，此時父親與母親卻為了西裝的來處起了爭執，母親說新郎西裝是向朋友借來的，父親卻堅稱這套西裝是他的么弟在西裝店當學徒時為父親訂製的。母親則反駁么弟那時才剛開始學做皮鞋，還沒有學做西裝，怎麼可能做西裝給父親？

說著說著，兩老又爭執起來，我在一旁只得陪著苦笑。

雖然過去在大陳島上的婚禮儀式，有很多禁忌與習俗，後來到台灣來都變了，但是「鬧洞房」這個習俗，並未因時空環境的轉換而被省略掉。

父母親的婚禮是在大陳新村裡舉行，總共請了六個伴郎、兩個伴娘，這算是「標準配備」。洞房花燭夜前，雙方家長高坐堂前，新人先行拜堂禮，一拜天地，二拜高堂，夫妻交拜，接著才送入洞房。在大陳島的婚禮，新人都是在拜祖先的大廳上進行拜堂儀式；但在大陳新村裡，每家七、八口人，配置的房舍十坪不到，所以新人的婚禮大多是到新村的活動中心進行。

婚禮儀式完成後，兩位伴娘先行離開，六位伴郎則簇擁著新人走回新居，開始繞著房子走，並由其中一個領頭的伴郎大唱「洞房經」，這「洞房經」多半是伴郎自己隨口編的，

年輕時的爸媽

調子忽長忽短，親友眾人跟著亂哼，好不熱鬧。

等唱得差不多了，一群人開始在新房裡圍著新郎新娘討茶、討酒、討點心，還會點菜二十四道，叫餓叫渴，總之就是想出各種難題刁難新人，事實上，這些鬧洞房的親友早已酒足飯飽，這些令人哭笑不得的要求，純粹是無理取「鬧」的。

倘若沒有順從親友的鬧意，親友可以立馬破口大罵，因此，鬧過頭、造成彼此不快的情形也曾發生過。如此鬧法，可以從晚上十點一直鬧到凌晨兩、三點，所有人都精疲力盡，方才散去。

對大陳人而言，鬧代表喜氣，鬧代表興旺，這是當時的人，對婚姻的一種祝福。只不過隨著台灣經濟發達，現代的人愈來愈忙，時間愈來愈顯寶貴之後，類此的洞房之鬧，逐漸消聲匿跡了。今天我們參與朋友的喜宴，頂多是請歌舞團唱歌助興，如果有哪個親友還鬧到新人的洞房裡去，反而嚴重失禮了。

好不容易挨到凌晨時分，賓客終於散去，在不到兩坪大的新房裡，家徒四壁，只有一張鋪著棉被的硬床板，卻是父母共同人生的起點。那一晚，一九六二年冬，月闇星淡，萬籟俱寂，未來彷彿還悠悠遠遠，年輕的父母，用他們平凡的愛，開始編織專屬於他們的人生故事。

第*14*章　六一七砲戰

一九六〇年六月十七日，在當時美國總統艾森豪訪問台灣前夕，中共突然無預警對金門島群連續實施三天砲擊，總計落彈約十七萬四千多發，造成軍民重大傷亡，史稱「六一七砲戰」。

曾在大陳島經歷中共日夜空襲的父親，從未想到，在金門服役期間，又再度遭遇彈如雨下、九死一生的經歷，戰爭的陰影，依然重重籠罩台海兩岸的天空，許多家破人亡、生離死別的悲劇，仍在砲彈落處，粉墨登場，未曾稍歇。

父親在一九五九年四月入伍，先在台南新化的新兵團受訓，之後便被分發到金門報到。當時部隊長官把所有新兵集合分類，先要小學畢業的新兵舉手，這些兵優先被分派到警衛排或其他文書單位。父親小學沒讀完，但運氣還不錯，被分到屬於後勤單位的衛生連，擔任衛生兵。

衛生連的勤務不多，連隊的課程也多是醫藥、包紮、急救等專業本職，接觸的又多是軍醫官，輕鬆愉快。但當時單位的指揮官是浙江人，而大陳島的行政區隸屬於浙江省溫嶺縣，因為這一層同鄉關係的連結，加上父親小學雖然沒畢業，但字寫得還不錯，指揮官希望父親去當他的傳令兵，可是父親覺得當傳令不如在衛生連自由，便婉拒了，並向指揮官推薦另一個大陳同鄉去當傳令兵。

其實父親的字寫得漂亮這件事，不但得到指揮官的青睞，連在衛生連也受到連隊長官的重視，後來還被派為看護兵，負責為傷病的士兵打針、包紮。遇到任何演訓，父親都是搭乘標有紅十字的救護車上，與部隊隨行，不像一般軍士官兵，永遠肩槍扛砲，靠兩條腿上山下海，日曬雨淋。於是在衛生連擔任看護兵，是父親軍旅生活中最愜意的時光。

可惜指揮官並沒有放棄要父親當他傳令的念頭，父親推薦的大陳同鄉做了不久就生了一場病，指揮官再下指示，要父親去當傳令兵。父親原本說服了連輔導長幫忙向指揮官說情，輔導長本來就覺得父親勤快認真，人又老實，當然也想把父親留在連上，但指揮官此次的態度非常堅定，下令要衛生連立刻放人。輔導長只好回頭勸說父親，無論如何，這也算是指揮官的一種器重，父親只得服從命令。

傳令兵要隨時待命，聽候指揮官的差遣，不論公務私務，只要是指揮官交辦的事，傳令兵必須用最快的速度完成，從早到晚，直到指揮官上床就寢，才可以去盥洗休息，工作分量，自然遠比在衛生連當看護兵要重得多。其實父親自從懂事以來，從浙江大陳島到台灣花蓮縣，再苦再累的差事全都經歷過了，傳令兵的職差，對父親而言根本是小菜一碟，指揮官對父親的表現自然滿意之極，我聽父親口敘至此，心想這指揮官，真有識人之明。

一九六〇年六月十七日的下午，父親奉指揮官命令，去金門市集採買日常物需，在返回指揮部的路上，碰見一位剛報到的通訊排新兵，頭戴鋼盔、肩背卡賓槍，全副武裝帶著通訊器材，準備出營區修理通訊設施。殊料瞬間砲聲四響，震耳欲聾，父親和通訊兵附近也落下好幾發砲彈，巨烈爆炸聲伴隨沖天烈焰，父親彷彿置身戰爭片的場景之中。

父親與通訊兵不約而同掉頭往附近的碉堡狂奔，全副武裝的通訊兵，跑得比著軍便裝的父親還快，父親緊跟在通訊兵身後差不多兩步的距離，兩人沒命地快跑，砲彈如雨般在兩人身後落下，似乎在和父親競跑似的。就在兩人跑抵碉堡口時，通訊兵突然重心不穩摔倒，跟在後面的父親一時反應不及，險些和通訊兵撞倒在一起，就在這驚險瞬間，父親也不知那來的潛能，想都沒想地彈足飛騰，竟像長了翅膀一般高高躍過通訊兵，也就在父親躍起落地的那一瞬間，從碉堡內衝出了一個勇敢的老士官，一手拉住通訊兵的衣領，一手握住父親的手臂，連拖帶拉的，把父親和通訊兵拉進了碉堡。就在此時，一枚砲彈落在碉堡口附近，猛烈炸開來，整個碉堡為之震動。

父親驚魂未定，跌坐在碉堡內簌然發抖，至於那個通訊兵已經昏厥，後來雖被救醒，卻從此精神失常，提前退伍送回台灣。

「在那千鈞一髮之際，老士官把通訊兵的命拉進了碉堡，卻沒有把他的魂魄拉回來！因此他的魂魄被共軍的砲彈炸散了。」父親念及通訊兵的父母，又該如何接受一個青春正茂、活蹦亂跳的兒子，從軍時身心健全，返家時卻已精神失常。

第一天下午無預警的砲襲所造成的軍民傷亡最重，接著第二、三天的砲擊，大家已經有了警戒心，大多躲在防禦工事裡，因此造成的傷亡次第減輕。

在「六一七砲戰」中，父親幸運地與死神擦身而過，但事後清點傷亡，仍令父親不勝唏噓。除了那個精神失常的通訊兵，父親同一個部隊還有個步兵班，當天被指派去清掃馬路，忙了一天後，整個步兵班到一口井邊，圍著井口洗澡，結果一發砲彈正落在井邊，當場炸死了好幾個士兵。

一九五八年金門「八二三砲戰」，經統計共軍在四十四天內共對金門島群射擊了四十七萬四千餘發砲彈，然而在一九六〇年的「六一七砲戰」，三天之內共軍就發射了十七萬四千多發砲彈，其砲火之猛烈與綿密，遠遠超過「八二三砲戰」。這場砲戰在當時金防部司令劉安祺上將下令以二四〇榴砲反擊後，才戛然而止，並在國共內戰的戰爭史料中，亦不為人所熟悉，但對父親而言，「六一七砲戰」卻是烙印在生命裡一個親身經歷的故事，提醒父親，即便是從大陳島渡海來台，戰爭這頭惡獸仍蟄伏在嗜血的人性裡，稍一不慎，就會被牠一口吞噬。

二年服役將滿，忽然一紙公文下來，通知父親可以提前一個月退伍，父親原本欣喜萬分，終於可以見到久違的家人，以及和父親早有婚約的母親，但因為金門戰地情勢仍然劍拔弩張，運輸船隻無法來金門接駁待退的士兵，父親在原單位仍等了一個月才順利返台。

退伍後的父親，先和母親完婚，接著又開始四處打零工謀生，舉凡花蓮、台北、桃園、新竹、台中，任何地方只要有缺工，父親會帶著母親逐零工而居，但父親和軍隊的緣分並未就此完結。

在台灣各地飄零打工，足足長達七年的時間，但實在賺不到錢，父母親於是回到花蓮，在花蓮師範學院附近開了一家洗衣店，幫學生和阿兵哥洗衣服，嘗試做生意謀生。洗衣店開了一年左右，發現錢賺得比打工還少，根本入不敷出，適巧政府正大力鼓吹年輕人留營從軍，聲明只要志願留營三年，可以自選服務地點。當時哥哥已經出生，父親尋思，洗衣店看起來是支撐不下去了，他如果留營從軍，除了有一份相對穩定的收入，還可以就近選擇在花蓮的後勤單位工作，這樣子至少可以離妻兒近一點，不用再寅吃卯糧，四處漂泊。

一九六八年，父親因此再度從軍，他先到位於花蓮的一個陸軍步兵連受訓，殊料這個單位接到指令移防，從花蓮行軍到日月潭，接著就要駐防在該地。當時的連隊長要求父親留在步兵連，父親幾次反映這不公平，有違當初政府宣傳自願留營的條件，就是在受訓後，分發父親去花蓮的後勤單位，而今卻被派到戰鬥單位，父親覺得被矇騙了。但是部隊長官卻不理會父親的抗議，推說上級單位並無公文指示。

父親覺得忍無可忍，寫了一封申訴信到行政院，不久之後，父親終於被調回花蓮的一個後勤單位擔任中士，負責保管與發放部隊的衣鞋被壺，總計將近兩千多項的軍品物資。

父親留營三年，又續約一年，這四年生活，與其說是從軍，倒更像是當個公務員，朝八晚五，過著上下班的生活。由於上班地點離家甚近，騎腳踏車大約十來分鐘，父親連中飯都會回家吃。這一段時期，收入雖然不多，但不用南北奔波、不用離鄉背井，日日和妻兒共享天倫，是父親這一生中難得安逸的時光。父親當時月收入六百元台幣，仍在幫人洗衣貼補家計的母親，月收約四百元台幣，總計這一千元的月收入，加上各式各樣的軍中貼補，家計勉強可以維持，但卻無餘裕。

一九七〇年，父母又多了我這個兒子，一家四口，經濟的負擔倍增，而一年一聘的軍隊工作，終究不是長久之計，當時父親聽說船公司正在招考船員，心想船員的收入更為豐厚穩定，便在留營約滿後，毅然辭去軍職，北上報考船訓班，也正式結束了他的軍旅生涯。

第15章　留聲機

父親二十四歲、母親十七歲那一年的農曆十二月十七日，兩人結婚了。成婚沒多久，就傳來喜訊，母親懷孕了。

妻子懷孕也加重了父親的責任感，積極地打聽工作。過了農曆年後，父親終於找到了一份到梨山造德基水庫的工作，便隻身上山，留下懷著寶寶的妻子在花蓮。父親想，一則我的母親一直是個獨立堅強的女性，二則羅蔣兩家的親戚都住在花蓮的大陳一村，有親人幫忙照料，父親也就放心多了。

不論如何，有工作才能養家活口，雖然得離家奔波，但這也是身為一個丈夫與一位準爸爸的責任。

父親和其他工人們一起擠在簡陋的工寮，湊合著住。那時候，沒有重型機具，都是用簡易工具，透過人工一點一點地挖鑿出可以埋炸藥的洞。工人們把洞挖好後，就將炸藥埋進去，安好雷管，以前沒有按壓式的引爆器，是直接用手點，點完就跑，非常危險。父親被分到的是挖土的工班，這一組工班，等炸藥爆炸後，就要登場清挖被炸鬆炸垮的土方，也是用人力來搬挖土方。

挖土工班的工作，沒有白天與晚上的差別，什麼時候炸藥炸開了山壁，挖土工班就要上工，是一份非常辛苦也相當危險的工作。但只要想到妻子生下孩子後，一家人的生計都在自己的肩上，再辛苦的工作，父親也是甘之如飴。

在梨山的工作大約做了兩個多月，工班解散，父親也就下山回到花蓮，和新婚即小別的妻子團圓。

母親也沒閒著，丈夫不在的兩個多月，懷了孕的母親不宜做粗重的工作，便在家裡接了家庭手工，打一種當時女姓用來包頭髮的髮網，賺得不多，但總是可以貼補家用。

父親下山後，暫時找不到工作，就幫祖父出海去抓魚苗，捉了一個多月，漁獲很不理想，實在賺不到什麼錢，只好再度四處尋些粗重的零工來做。不管是挖水溝、開墾農地、擴建港口……日子過得雖然辛苦，但看見肚子一天天隆起的妻子，將為人父的喜悅感，便沖淡每日的勞頓與疲乏。

然而，準爸爸的喜悅感並沒有維持太久。

狂風驟起，暴雨橫降，颱風侵襲花蓮。挺著大肚子的母親，掛念著養在外頭的雞，冒著風雨要把雞趕回家避暴風，卻因此受了風寒，回家後就早產了，在颱風的雨夜裡，接生婆幫母親引產。

「是個女嬰，因為是早產兒，手指頭還連在一起沒有完全分開。」

「雖然是早產兒，但哭聲很響亮，感覺很有活力，我總覺得，如果是現在的醫療環境，說不定可以保住她一命。」父親帶著遺憾說。

爺爺奶奶看著這個早產的女嬰，覺得救不了，便把女嬰放一個籃子裡，女嬰哭了一晚，聲音漸微，終至無聲，降生人世還不到半天就永遠離開了。

母親小產滿月後，一位到台北做工的表兄，建議父親上台北找工作。

父親想想，結了婚這將近一年的時間，做了許多粗活，辛苦倒是其次，但其實都賺不到什麼錢，常常工錢都被亂算，根本沒留下什麼積蓄。對未來的前途，父親有很多的擔憂，但轉念又想，只要肯努力，靠勞力勤勞做，不敢期待賺大錢過富裕生活，但至少可以養活家人餓不死吧。

父親盤算著，在花蓮的工作機會有限，這樣有一天沒一天地打零工也不是辦法，和母親商量後，決定留母親在花蓮休養，再度隻身啟程，北上繁華的台北城，尋找生活的依靠。

父親到台北的第一份工作，是到台北的新公園——也就是現在的二二八紀念公園造涼亭，工寮就設在新公園裡，父親負責木工的部分，主要是幫忙打模板、拆模板。這個工作做了一陣子，父親換到台北第一殯儀館協造第一大廳，也是負責木工的部分，接著又到懷寧街協造建國補習班，做的也是模板的工作。

這樣的工作也是非常不穩定，因為模板打好，弄鋼筋要好幾天，水泥工也要好些天，換言之，中間可能空個十幾二十天都沒模板工人的事。沒工作就沒薪水，但還好，工頭包吃，所以就算沒工作，也有三餐吃，餬口沒問題。

父親上台北後半年，母親的身體好了些，也跟著來到了台北，在木柵那裡找了一戶有錢人家當傭人，當時父親還是住在新公園的工寮，離木柵有一段距離，父親有空就會從新公園騎腳踏車到木柵去找母親。

母親在木柵幫傭一段時間，又換到中和幫傭。後來一個上海人工頭見母親勤快，便請母親幫他帶小孩，工作的地點近了些，這時母親才又開始和父親住在一起。

那時父親在懷寧街協造補習班，將近一年多的時間住懷寧街一個日本人留下來的三合院，這座三合院是二層樓瓦房，大約十四、五個人擠在一起，父親原來和大家一起擠著住，後來母親來了，用模型板又隔了一個小房間，夫妻兩人便住在這個簡陋隔起的小房間裡。

協造建國補習班的工作大約維持了一年，父親接下來分到中華路協造國軍英雄館。國軍英雄館預計要建十二層樓，蓋到二樓時，工頭就在二樓隔個房間給父母住，把工地當住家。

國軍英雄館差不多蓋到五、六樓時，父親又被介紹到竹北，協助一家紡織廠改建。工地旁就蓋了工寮，父母一起住在工寮裡。不久後父親又到台中，到神岡機場協造美軍的空軍基地，母親則留在竹北的工寮。

三不五時到處搬家，住的品質可說奇差無比，夫妻兩人也幾乎沒有什麼隨身的家具私物，所謂搬家，就是拎著棉被草蓆衣服這些簡單的事物，真的是包袱捲了捲就走路。父親笑說：「那樣子，真的和乞丐也沒兩樣。」

這一段從台北到台中流浪工人的日子，父親主要還是做模板工，其實真正工作的天數並不多。做一天有時休息二、三天，賺不了什麼錢。

工頭比較照顧父親的表哥，因為表哥家裡小孩多，工頭知道他有養家的重擔，會分比較多的工作給他。但覺得父親夫婦沒有小孩，負擔較輕，要父親不要太計較有沒有工作。

模板工人一天的薪水約三十五元。但父親一個月只能賺三、四百元。因為一個月可能有三分之二的天數沒工作可做。母親主要是在幫傭，一個月也差不多賺三、四百元，和父親的收入差不多，因為不像父親的工作有一天沒一天，幫傭是每天都有事。

工頭包吃包住，即便沒工作，也餓不死，只是賺不到錢，父母親在台北大概工作了三年多，去台北時赤貧如洗，回花蓮時還是阮囊羞澀。

錢存不下來，除了賺得少，也因為開銷大。

自從小產後，母親的身體一直不好，常常生病，三天兩頭肚子痛去看醫生，那時沒有勞保、健保，看醫生是很花錢的。另外，年輕夫妻生活辛苦，有時候會出去吃個麵或什麼的，就算是犒賞自己，加上台北物價也高，因此錢也花得比較凶。

問起父親工作辛不辛苦，這樣奔波流浪的生活有什麼感覺？

父親說，哪有什麼感覺不感覺的？不像現在的人會挑工作，那時的他有飯吃、有工作做，就很好了，再苦都要做。

在台北、台中當了三年的流浪工人，父親接到爺爺的通知，希望他回花蓮幫忙打魚。雖然打魚也賺不了什麼錢，但在外頭流浪三年，算一算，才存了二千元，日子辛苦，卻沒多少攢蓄，父親便決定回花蓮。

離開台北時，父親和母親卻做了一件很「奢侈」的事，喜歡聽紹興戲的他們，一咬牙，把在台北好不容易存下來的錢，拿去買了一台留聲機。那時一台留聲機就要一、二千元。

「現在想想，也不知為什麼那麼衝動，也實在太隨興了，但沒辦法，我和你的母親那時候都還年輕，沒有想太多！」父親說。

「那不是衝動，是浪漫！」我對父親說。

夫妻兩人的三年苦工，回花蓮時，換到的是一台「浪漫的」留聲機。

第16章　刑房

母親從大陳島來台灣時才十歲，十一歲時就出去工作了，第一份工作是拔花生。

母親笑說，以現在來看，大概會被說是虐待童工吧，但當時，小孩子出門打工，好像也沒有什麼人在乎，對母親來說，工作的目的很簡單，可以賺錢。

「摘一大桶花生，可以賺幾塊錢，薪資很微薄，但因為年紀小，對薪水多少沒什麼概念，覺得有錢賺就好，另一方面，可能是當時的玩性重，也不覺得辛苦。」母親說道。

只是母親這第一份工作，只做了一天就結束了。因為第二天，就颳起了大颱風。當時母親和七、八個大陳村的女孩，一起搭火車從花蓮到壽豐拔花生，第一天工作還算順利，但第二天颱風來襲，工作就沒辦法做了，女孩們躲到一間學校的日式木造房舍，但颱風太大，她們藏身的房子不久屋頂就被掀掉，再換一間藏身，那間房更不牢靠，整個房子都被風吹得震動不停，女孩們慌張逃出後不久，房子就被吹塌了，直到躲進第三間磚造的房子，才總算平安地度了一夜。

母親說，她後來讀到三隻小豬的童話故事，都會想到十一歲時在壽豐度過的那個颱風夜。

第三天，颱風已過，母親記不得是因為颱風把花生田吹壞了，還是女孩們已無心思繼續拔花生，一群人決定回家。但回家的路卻又是另一段驚險，那次風災非常嚴重，橋梁斷毀，火車不開，女孩們只能徒步回家，過河時，還得輪流搭流籠渡河。

其後，母親一邊讀書，一邊零零星星地打了一些工。因為家窮，母親上學穿著十分破爛，窮得連鞋都買不起，常被同學看不起、欺負。書讀沒多久，母親就賭氣不上學了，逃家一段時間，找了一份幫傭的工作，這是母親第一次當傭人，那年她才十二、三歲。

雇主夫婦都是在美崙上班的公務員，生了五個小孩，夫妻倆都要上班，便請母親當家庭傭人來幫忙，那一家的孩子，三女兩男，最小的四、五歲，最大的和母親同年。那個和母親同齡的女孩還在上學，母親卻已經自謀生活。

雇主夫妻待人和善，幾個孩子也很乖巧，母親很勤快，燒飯、洗衣、打掃、幫帶年幼的小孩樣樣包辦，一個月的薪水一百五十元，雇主也很滿意。但這份工，母親做得並不久，做不到三個月就離開了，因為同鄉介紹了薪水更好的工作。

新工作是家庭手工，在家裡編「珍珠髮網」，那時候，美國人喜歡在頭上包珍珠髮網，有人批了一些工來，分包給大陳村的女孩們做。母親手腳快，一接手，一個月就可以賺到五百元，遠比幫傭好賺多了。等到熟練了，一個月更賺到七百元。對一個十三歲的女孩來說，收入算是相當豐厚，母親把一半的錢給外婆，另一半的錢有的存起來當積蓄，有的則拿去買衣服、買鞋。母親說，年輕的她很愛漂亮，花了不少錢買衣服，也因為這樣，她有很強的動力賺錢，那時候的她，只想自力更生，賺很多很多的錢，要打扮得漂漂亮亮的，不要讓人看不起。

這個工作大概做了一年多，後來不知為何，貨源斷了，就接不到工作了。母親輾轉接了一些零活，不久後，又回頭去幫傭，但這一次幫傭的經歷非常特別，因為雇主是個「情報頭子」。

雇主在花蓮的情報單位工作，是一個高階主管。母親大約十五歲時去他家幫傭，一個月薪水三百元，但特別的是，雇主夫婦很愛打麻將，家裡常常開桌打牌，母親則幫忙準備飲食、招呼客人。母親說，雇主打麻將是她最開心的時候，因為他還滿大方的，如果贏了錢，都會分紅給在旁招呼客人的母親，一個月算下來，竟也可分紅約二、三百元，差不多就是一個月的薪水。

而這個幫傭的工作特別的地方在於，雇主家裡幾乎每天都有一些穿著草灰色中山裝的調查員進進出出，他們開著黑色汽車，多半都會押著人來，把押來的人關進院子邊的一間小房，行事非常神祕。

母親剛到不久，就注意到這一件事。因為，只要有人被送進小房，不久後房間就會傳來悶悶淒淒的呻吟聲。剛接下工作的母親很疑惑，問了也在雇主家工作的長工，長工對母親說，那是刑房，犯人被送到那裡去就會被用刑拷問，他要母親別多問多管。

母親說，因為他們進出的路徑和母親工作的場所有區隔，應該也是刻意區隔的，那裡的事，母親不負責照應。所以，雖然母親經常聽到刑房傳來淒淒呻吟，但從沒見過被押進去的人長什麼樣子。

這個工作，母親大約做了一年多，薪水雖好，但心裡總會對那個刑房感到一種微微害怕，後來就找個理由辭了工作。

「長大以後，想到這一段過去，我都會想，那刑房裡的犯人，不管有罪沒罪，最後都會承認有罪吧。」母親說，有時候那被悶著的呻吟聲，可以持續大半天甚至一整天，不會有幾個人受得了這種長時間的折騰。

辭職後，母親從花蓮到屏東的二姨媽家，在一塊甘蔗田找了一份採割甘蔗的工作。在烈陽下採收甘蔗很辛苦，但母親說，那時候是一大群女孩一起採甘蔗，大家工作在一起也玩在一起，有了伴，辛苦的感覺就沒那麼強烈，直到現在，當年一起在甘蔗田採甘蔗的女工，母親還保持聯絡。這個工作做了半年左右，母親就被催回花蓮，和父親結婚。

婚後的母親，又陸續到了幾個人家去當傭人，畢竟這已是母親比較熟練的工作。但讓母親印象最深的，還是在「情報頭子」家幫傭的這一段經歷。

這種幫傭的生活，一直到母親生下了哥哥，母親不方便、也不捨得放下孩子去幫傭，從此以後，才改以家庭手工為主要工作，在家一邊帶孩子，一邊接各種繡工來貼補家用。

第17章　沒有緣分的姊姊

母親十六歲時嫁給父親，年紀小小的她，那時已有七千元的「身價」，那是她從十二、三歲起當童工，到處幫傭、打工一點一點賺來的。

不知為什麼，母親結婚後就得了貧血症，瘦到只剩三十七公斤，身體變得非常差。體弱多病的母親，雖然還是努力工作，但家裡的醫藥費卻變成不小的開銷，母親說，還好她存了七千元，否則那時父親到處打零工、做粗活，薪水低不說，更糟的是收入時有時無，家裡的經濟狀況實在不好，這七千元成了母親的保命錢，幾乎都用在醫藥費上。

婚後一年，母親就懷了第一胎，可能因為那時候她的身體不好，第一胎在七個多月時早產，是個女孩，只在這個世上待不到一天就走了。母親說，她到現在還常會想著五十多年前這個連名字都還來不及取就走了的女兒，談及這一段心情時，母親說，前幾天她還特地到山上寺廟，為這個沒有名字的女兒頌經、幫她超渡，這是她每年都會做的事。在此之前，我從來不知道，母親這麼掛念著我這位沒有緣分的姊姊，母親從沒有提起過。

我心想，我的姊姊在天上會很感動吧，她的母親五十多年來都沒忘記她。

「如果是現在，七個月的早產兒，還是可以活下來，只能說，她生不逢時。」母親說。

早產後，母親的身體變得更差，試了很多偏方，好不容易，終於找到了對症的方法。「後來，親戚說，吃豬肝對貧血很有幫助，但那時候豬肝不便宜，每天吃的話，一個月得花個一百五十元，是不小的負擔。但想想，身體這樣下去也不是辦法，就狠下心，買豬肝每天吃，也沒什麼料理，就是用水燙一下就吃掉。」母親說。

母親持之以恆地吃豬肝吃了好些年，加上同時在試其他的法子也要花錢，把結婚時帶來的積蓄差不多花光了，還好，這個辦法見了效，母親的身體漸漸好轉，貧血的問題也漸漸改善。

不知是身體不好，還是因為第一胎生產不順，接下來的五、六年，母親一直沒有懷孕，父親和母親雖然很想要孩子，但沒動靜就是沒動靜，父親那時甚至想，會不會是早產和貧血把母親的身體搞壞了，母親這輩子都不會再懷孕了。

父親和母親也會試一些偏方，但時間隔得久了，也就放棄了。父親說：「雖然看著別人家孩子一個一個生，你的爺爺奶奶也巴望著抱孫子，但我們只能順其自然，畢竟強求也求不來。」

然而，就在母親二十三歲的那一年，又有好消息了，母親懷了我的哥哥。父親開心極了。那時父親爭取到留營軍中的工作，不再打零工，工作單純穩定，可以上下班，比較有餘裕照顧懷孕的妻子。母親也很小心注意，這一次的生產很平順，大兒子呱呱落地，家裡添了個健康活潑的男丁。

我問母親，當時心中對男孩女孩有偏好嗎？母親說，雖然那時候的社會風氣還是重男輕女，但因為她的第一胎早產後，好幾年都沒消息，父親和母親非常渴望有個孩子，能懷孕就很高興了，根本沒去想要男孩還是女孩。

「當然，你的爺爺奶奶，很高興長孫是個男孩。」母親說。

對這個等了六年才來的兒子，父母親疼愛有加，吃的用的，都盡量給兒子最好的。看小時候的照片，我們的家境雖然不裕，但哥哥的穿戴卻比照片中其他的孩子要好，就可以看出，父母親對哥哥的鍾愛。

「你的哥哥出生時很乖、很好帶，剛生下來時，哭個幾聲就安靜了，但等到會說話時，就變得很活潑調皮，再大一點，就常和別人打架。你更乖，幾乎不哭不鬧，學會說話走路後，還是很文靜，每天就像個跟屁蟲一樣跟著哥哥的後頭。」母親說。

小時候的我

小時候的全家福合照

母親與大哥

母親抱著大哥智勇與我（左）

一家人（左起依序為我、妹妹美娟、媽媽、哥哥智勇、爸爸）

哥哥出生兩年後，母親懷了我，不知道是不是因為生哥哥時生產順利，讓父母親稍稍失了戒心，母親雖然懷孕，還是每天騎著腳踏車去花蓮師範大學幫學校的師生煮飯、打雜。

就在母親懷我也差不多七個月時，一個大雷雨天的傍晚，母親從學校下班，騎著二十八吋的大腳踏車，那腳踏車車身很高，以母親的身材，騎上去後腳沒有辦法著地，實在不適合孕婦騎乘，但母親騎習慣了，也沒想太多。

騎在沒有路燈的小路上，路上一遍漆黑，當騎近一戶農家時，母親忽然害怕起來，因為才在前兩天時，這戶農家的主人喝農藥自殺，母親經過時還看到擺在門口的遺體。

心下一怕，腳下也加快，就在此時天上轟然一聲雷響，母親受到驚嚇，重心不穩跌倒，偏巧不巧就重重摔在那戶農家的門邊，這一摔摔得非常重，但衝入母親腦袋的第一個念頭不是痛，是：「完了！」

母親想起她懷的第一胎會早產，就是因為一個颱風來襲時的暴雨天，她在外頭趕雞受了風寒，回家後就早產了。她心想，這一摔，肚子裡的孩子會不會也保不住？

母親倒在泥濘地裡，在漆黑大雨的偏僻小路上，心中怕極了，但周邊沒半個行人，也沒有人可以幫她。母親掙扎了好久，好不容易慢慢從泥地裡爬起，她還不忘牽起了摔在一旁的腳踏車，一跛跛地牽著腳踏車走路回家。

「我摔得全身是傷，但你一點事都沒有，我那時想，這真是奇蹟，覺得我肚子裡的你命很大。」母親笑著說。

我和哥哥都在花蓮美崙一家名叫「生生」的醫院出生，生產過程也很順利，母親說，「那次摔車，沒有把你摔掉後，很多事都開始變得順利。我總覺得，從小傻裡傻氣的你，有一種特別的福分。」

長年漂泊不定的父親，在軍中留營工作期滿後，也順利找到了基隆碼頭的工作，全家北遷基隆，並在基隆生下了我的妹妹。

「你的妹妹，和你們兄弟完全不同，你們出生後都很少哭鬧，非常好帶，妹妹生下來後，日也哭、夜也哭、抱也哭、不抱也哭，把我和你爸爸搞得精神衰弱，好像你們把省下來的哭聲，都給了妹妹。」母親說。

雖然如此，爸媽還是非常開心，生了兩個男孩之後，家裡添了個女娃娃。

第*18*章　太白莊

一九七二年，三十四歲的父親考上了基隆碼頭工人，父親帶著當時懷了妹妹的母親、五歲的大哥以及兩歲的我，舉家遷到基隆中山區的太白莊，日夜不分、風雨無阻地在碼頭裝卸貨物，這才終於有了穩定的經濟來源。

只是，這碼頭工人的生涯原來應該會和父親錯身而過的。

在北上基隆前，父親響應政府從軍的呼籲，加入軍隊，成了志願役的士官，役期三年。由於在軍中的表現不錯，頗得部隊長官的喜愛，便又續約再留營服務一年。

軍中生涯還算穩定，但父親深知這種一年一年重聘的工作不是長久之計，他也不能再回到四處打零工的生活，要養家活口，還是要找到比較長久的工作。在留營時，父親一直在思考人生的下一步路。在親友的建議下，父親決定報考船訓班，當船員。

船訓班報考者眾，還有不少高中畢業的人去考，父親當時小學都還沒畢業，對考船訓班並沒有把握。還好，父親運氣不錯，順利考上了船訓班，但麻煩來了，船訓班的開訓日期訂在父親退伍的前一週，換言之，那時父親的志願役士官約還沒滿。

部隊長官覺得父親做事扎實牢靠，不希望父親退伍，要他再簽一年留營。父親不肯，希望長官准他一個禮拜的假，讓他去船訓班報到。部隊長官的提議被拒也不太高興，不肯批准父親的假。

父親很生氣，和長官力爭，他對長官說，這其實是他第二次考船訓班，第一次他也考上，因為聽了長官的意見，留營一年，所以放棄了，這是第二次考上，他希望長官可以成全他。最後長官看父親心意已決，也就不再為難，准了父親一個禮拜的假，等於是提前一週退伍，讓父親可以準時到船訓班報到。

退伍時，領了二萬元的退伍金，這算是父親第一筆算得上數目的「積蓄」。父親當時很開心，拿了其中近六千元，買了一台黑白電視機，父親說，當時大陳村裡沒多少人家裡有電視機。左鄰右舍常常都會擠到我們家來看電視，包括當時廣受歡迎的歌唱競賽節目《五燈獎》（當時該節目叫做《田邊俱樂部——週末劇場》）。

在船訓時，父親學著如何將纜繩打結、如何脫索、油漆、接鋼絲、保養機具，大體上是被訓練當個甲板工。在當時，船員的待遇還不錯，不少親友也都跑船當船員，慢慢熬，也會一步一步地獲得升遷，當上水手長。

然而，在受訓期間將滿的時候，父親又得到親友的告知，聽說基隆港要招考碼頭工人。而且說巧不巧，報名的截止日，就在父親船訓結訓的隔日，父親剛好趕得上去報名。父親當時想，去試試也不錯，至少多一個選擇，便在船訓結訓後報名考碼頭工人。

當時，碼頭報名截止日只要提前個一天，還在船訓中的父親就無法報名碼頭工人的考試，父親可能就會是個水手，而不是碼頭工人。

碼頭工人的考試日期排在報名後四個月，在等待考試的這段時間，父親也同時在等船員的錄取通知，誰知這一等，就等了快一年，因為船公司都沒有缺釋出，等不到位置。而碼頭工人考試後，父親也遲遲沒接到錄取通知。

賦閒將近一年，沒工作可做，父親很著急，只好再去打打零工，賺一點錢。父親也別無他法，這個時候，除了等還是只能等。

好不容易，等了一年，船公司的錄取通知終於來了，但就在船公司的錄取通知寄達的幾天後，無巧不巧，碼頭工人的錄取通知也寄來了。要當船員還是當碼頭工人？父親面臨了工作職涯的選擇。

父親也多方打聽，以辛苦度來說，船員和碼頭工人不會差太多，以升遷來說，當船員會隨著時間一步步升遷，但碼頭工人就不容易，就是一輩子當個扛貨工人，船員的收入比碼頭工人略好一些，但海上的危險性較大，而且必須離鄉背井，一年大概只能回台灣和親人團聚一次。

父親很認真地盤算著每一個細節。

最後，父親決定放棄船員的工作，去當碼頭工人，因為父親想到，當時我和哥哥已出生，母親肚裡還懷了妹妹。

「沒有什麼比一家人在一起要重要！」

父親希望和家人團圓在一起不要分離，決定到基隆港報到，開始他的碼頭工人生涯。同樣的，如果碼頭工人的錄取通知晚個一個月寄達，父親可能已經到船公司報到，登船出海去了，也就不會有接下來的碼頭生涯。

父親說，當時他在基隆碼頭第一個月的收入就有新台幣八千元，拿到薪水的那一天，父親和母親著實興奮了好久。從此，基隆碼頭，不只是當時台灣北部最重要的商港、軍港與遠洋漁港，更是父親賴以維生、在爾後三十年的歲月裡拉拔三個子女長大的活泉源水。

父親在基隆的第一個落腳處是太白莊，在那裡居住了近一年的時間，小妹也是在那時期出生。哥哥說，他還清楚地記得，有一天清早，父親就帶著大腹便便的母親出門，一整天都不見人影，那天基隆下著雨，哥哥玩著從鄰居處借來的彈力球，正嗒嗒嗒地跳著，我因為一整天看不到爸媽，有點在鬧脾氣，鄰家阿嬤正安撫著我。這時，父親一手抱著正哇哇哭叫、剛出生的妹妹，牽著母親回到家中。哥哥才意識到，家裡添了個新成員。

當時的太白莊約有百來戶的木造房屋，一戶挨著一戶聚集在向陽的丘坡，形成一片聚落，而丘頂就是現今基隆著名的景點「白米甕砲台」。

初遷至太白莊時，因為經濟拮据，我們一家五口就和另兩戶人家，合租在一處三房的居所，並共用廚房和衛浴，因為沒有自來水，三戶人家的女人，都還得輪流去山上的一口井打水回家使用。

有一次，我和哥哥還挑了一個假日，陪著母親回到太白莊尋訪舊鄰居。太白莊許多老房子大多翻建成鋼筋水泥的樓房，雖然景物路徑已大異於四十年前了，七十歲的母親依然依循模糊的記憶，沿著彎轉曲折的巷弄，找到了當初在基隆第一個落腳的老房子，房子下方有一條沿著山丘四十五度坡度修築而成的排水溝，哥哥忽然記起了這條已在我的記憶中不復存在的水溝。

「如今看來再尋常不過的排水溝，對當時五歲多的我來說，卻像黃河一樣寬闊呢。」哥哥說，那時候每當天空下起傾盆大雨，湍急的水流像瀑布一樣，沿著水溝快速沖落，轟隆

河堤全家照

隆的聲響，在他幼小的心靈深處，形成莫大的震撼。

我想像著當時年幼的哥哥，以充滿好奇的眼神，屏息閉氣地蹲踞在排水溝邊，感受大自然所帶來的壯闊景觀。一個具象化的情景浮在腦海：每當大雨將至，哥哥那瘦小的身軀，總會蹲在水溝旁的屋簷下，目不轉睛地看著排水溝洪洪滔滾的水流，像是在等待一場心靈的洗禮。

正當與母親沿著彎曲巷弄尋幽訪祕時，忽見一位中年女士迎面走來，眼尖的母親，立刻問她是否姓陳？只見她瞪大眼睛打量著母親一會，喊著：「您是羅媽媽！天啊！四十年沒見了，妳還認得我？我那時還是個小女生呢！」

母親喜握陳女士的手對我說：「你和你哥小時候，我和你爸都不在家時，都是陳姊姊替我暫時照顧你們的。」

「是啊！你們兄弟倆小時候都好可愛啊！我常常一邊牽一個，帶著你們兄弟倆到處走。」陳女士說完，又帶著我們去拜訪另一位已高齡八十好幾的蔡媽媽，身體看來仍非常硬朗的蔡媽媽，熱情歡迎我們，只見母親再三向蔡媽媽致謝，原來當年初搬到太白莊，人生地不熟的母親，藉由蔡媽媽的協助，才逐漸融入這兒的生活。

幾個老鄰居久別重逢，話說當年，歲月雖遠，記憶猶新，過去艱辛苦澀的日子，一路挺過之後，如今咀嚼起來，卻是氣香味美，餘韻無窮。一旁的我，靜靜聆聽母親與老鄰居笑談過往生活的點點滴滴，我忽然領悟，當生命的扉頁不斷往前翻過的同時，我們都在書寫自己的故事，但更重要的是，我們都無法獨立完成自己的故事，我們一定會和他人的故事交錯，產生無數的火花，留下彌足珍貴的情義，然後我們成就自己故事的同時，也成就了別人的故事。

太白莊，這個在我記憶中幾乎沒有留下多少印象的舊居，卻是父親在基隆碼頭近三十年風雨故事的起點。

第19章　一輩子的工作

清光緒十二年（西元一八八六年），基隆港在台灣首任巡撫劉銘傳的擘劃下建港，一八九五年中日爆發甲午戰爭，中國戰敗，清廷將台灣割讓日本，日人登台後繼續建設基隆港，於是基隆港在海運上的角色逐漸超越了淡水，成為台灣北部最重要的海運門戶，基隆登上了歷史的舞台。

如果，把基隆港的歷史比擬為一條滔滔大河，那麼在一八八六年基隆建港後八十六年——一九七二年，父親就像初春的一滴露水落進了這條歷史之河上，把自己的人生與基隆港結合為一，在一艘一艘貨船客輪進港出港間，用他的肩膀扛起了一家的生計。

一九七二年，接到基隆碼頭錄取通知的父親，心頭終於有了一種寧定的感覺，雖然做的還是勞力的工作，但父親心想，「這是一份可以做一輩子的工作。」他不用再去打零工，擔心計較著明天會不會沒有工作？也不用再「逐苦力而居」，全省到處追逐工作，像片漂浪的浮萍，找不到依附的土地，和家人團聚變成奢侈的夢。

然而，接到錄取通知，卻不是穩定工作的開始，當時政府全台大招考基隆碼頭工人，總共錄取了一千二百人。這樣的大招考，引來碼頭工會的抵制，父親這一群新工人雖然考取了碼頭工人，卻無工可做，一拖就好幾個月，父親心頭七上八下的，但也不知如何是好。

考取碼頭工作卻無工可做的新工人們終於忍無可忍，集結起來包圍碼頭抗議，只放行軍車，不讓民車卸貨。包圍抗議了幾次，政府與民意代表都來協調，但工會態度強硬，協調沒有結果。

新工人們決定包圍港務大樓，他們認為自己都是合格錄取的工人，政府應保障他們的工作，不能讓他們沒有工作地乾耗著，否則一家生計怎麼辦？

看到港務大樓被包圍，政府意識到問題大了，下令港方必須澈底解決。

幾次的抗議行動，父親也有參加。在當時還是威權時代，問父親參加工人運動會不會擔心，父親說，當然也會擔心害怕，但工作一直被卡著，生活無著落也不是辦法，只能站出來為自己爭權益。我這才知道，原來父親早在一九七〇年代就參加了「工運」。

最後，工會退讓，讓基隆港碼頭的十二個工作隊，增加一個工作隊，每個工作隊設七個工作班，每個工作班都增加人手，這樣才終於將新工人們正式納編。

但這件事拖得太久，有將近三分之一的人放棄了碼頭工作，留下來的大約八百人。放棄工作的人，有人回鄉去種田，有的人去做其他的工作。當年同時考取了船員的父親也一度想放棄，改當船員，但還是捨不得和家人分開，而決定堅持下去。

好不容易，終於結束了和工會的僵持，正式納編可以開始工作時，父親卻為一件事情煩惱：他抽到了「後線班」。原來一個工作隊有七個工作班，包括六個「前線班」，也就是在碼頭負責貨運工作的工人，一個「後線班」，負責倉庫後勤工作。

前線班的工作比較辛苦，船到貨到就得上工，沒有所謂的假日或固定上班下班的時間，後線班比較輕鬆，每週假日都可以休息一天半，也不用做夜工。然而比較辛苦的工作意謂著收入也比較多，前線班工作多，收入也就多。父親一心只想賺更多的錢養家，他寧可多辛苦一點，所以抽到後線班，讓他的心情很沉重。

父親到處打聽，有沒有調到前線班的可能，這時有一個抽到前線班的工人說願意和父親對換，調到後線班，但父親要貼給他三千元。父親一口答應，和那個工人換班，順利分到了前線班。

碼頭的工班，一個班大約五十到六十人，都是固定成員。雖然大家做的都是貨物裝卸的工作，但中間也還是存有難易、好賺與不好賺的工作分別，分配工作原則上是照抽籤，但這中間也有一些玄機，比較資深的工人，總是有辦法設計出不公平的遊戲規則，讓資深工人做比較輕鬆、好賺的工作，而像父親這種剛加入碼頭的菜鳥工人，多半會分到比較辛苦、不好賺的工作。

比方說，夜間的工作有分上半夜與下半夜，下半夜當然比較辛苦，資深工人總能分到上半夜的工，而父親就總是分到下半夜的工。

剛開始，父親也只是逆來順受，自己剛到一個新環境，提醒自己要多忍耐一些，而且再辛苦，比起以前當「流浪工人」的日子，這樣的工作已算是天堂了。漸漸的，父親也拿到了一些訣竅。比方說，父親發現，如何及時得知工作來了，掌握訊息很重要，便在工作一年多後，狠下心買了一台電話機，當時一台電話要一萬五千元，押金一千元，算是非常大手筆的開銷。但這樣子，就比較容易掌握工作的狀況。父親和一位在碼頭同工班的好朋友，他們約好早上輪流在碼頭看工作，一掌握工作訊息就立刻打電話通知對方，不但方便多了，也比較能掌握工作的概況，在分配工作時也比較不會吃虧。

碼頭工作的辛苦不在話下，一九七〇年代的基隆一年有超過一半是雨日，冬天尤其又濕又冷，沒幾天是晴天，在濕濘濘的港邊扛貨搬貨，既辛苦又危險。

「即便工作都很辛苦，但辛苦的工作中，還是有相對較辛苦與相對較不辛苦的工作。」

比方說，有的船是用紙箱裝貨，紙箱比較輕也比較好搬，遇到這樣的船，就會比較輕鬆。但如果遇到載礦砂礦石的貨船，就會很辛苦，那些貨船的作業空間狹小，十幾個工人擠在裡面，用畚斗，一畚斗一畚斗地去挖礦石，將礦石放到吊網，再讓船上的吊桿將吊網拉起，吊放到岸邊的貨車上。

慢船與快船也有差別，慢船停在一般的碼頭，比較便宜，而快速船停的快速碼頭有作業時限，靠泊的索價較高，船一到就要立刻上工，但也因此，工人們會有比較高的議價空間，因為船方要的是快速，會願意加工錢給工人去趕搬貨物。

「但這種辛苦的工作，後來也開始有了一些改變。」父親說。

父親說的是碼頭機械化時代的來臨，很多辛苦的人工工作，開始被機械取代。

問起父親，何時是所謂的機械化的開始，父親卻說不出一個精確「時代斷點」。父親舉了一個例子，比方說，工人本來若要搬運裝著螺絲起子等金屬零件的木箱，要用大鉤子一手拖、一手拉，拉到拖板車上，再拖著走，非常耗力。但電板車（電動車）出現後，就可以用電板車來運。

又譬如堆高機出現前和出現後，也有非常大的差別，省去了很多舉升貨物需要的勞力，工人等於只需要做堆升前堆升後的整理工作即可。

吊桿的進步也使得操作與配合需要的人力大減，原來一個班編制六個正吊桿手、六個副吊桿手，小型貨船的吊桿，原來需要兩個駕駛同時操作，一個控制吊桿的上與下，另一個控制吊桿的左右移動，還要有一個人看著指揮。但後來改成「圓盤操作」，只要一個駕駛就可以同時操縱上下與左右，也就省了一個駕駛的人力。

機械化愈來愈進步後，碼頭工人的工作也開始比較輕鬆，有些設備好的船隻，碼頭工人的工作，只需在船上負責掛鉤，以及在貨車上負責脫鉤。只有在風大浪大船隻搖晃劇烈時，要比較多的工人，如果風平浪靜，甚至只要兩個工人就可以照顧一個艙。其他人就閒著站在旁邊沒有工作可做，後來漸漸地改規定為，需要幾個人就到幾個人，其他的人不用出勤。

其中最好賺的是汽車船，工人只要幫車子解鎖鍊就好，這些進口車，船公司會有專人來開車，根本用不著碼頭工人。一艘載了上千部車的大貨輪，六個工班通通可以分到工錢，但卻只要派四個人去工作即可。

然而，弔詭之處也在這裡，所謂的「輕鬆」，某方面也意謂著，碼頭工作不再需要那麼多的工人，機器讓工人們的工作變得輕鬆，也就等於取代了大部分工人存在的價值。於是，為了讓碼頭變得更有「效率」，碼頭民營化就變成了政府的重點政策。

但碼頭工人的工作是受到保障的，民營化必然衝擊到這樣的保障，這中間就開始進入一連串的抗爭、折衝與協調。只是這些對父親的影響已不大了，因為在基隆港碼頭棧埠作業如火如荼地推動民營化的時候，父親在民國八十六年罹患胃癌，全胃切除，不久後父親就辦理退休，在民國八十八年基隆港碼頭裝卸作業正式民營化前，他的碼頭工人的生涯就畫上了句點。

第20章　保母中心

我對「嬰兒」開始有概念，是在小學三年級的時候。

那時父母親賣了現住的鐵皮頂平房，另買了一間新造公寓。新公寓還沒蓋好，父母租了個破舊的房子，當做臨時居處。那房子傍著山壁而建，非常危險。還是小學生的我，沒有意識到房子的危險，只記得，這間貼著山的房子，家裡常有蛇和蜈蚣出沒，而且遇到颱風天，母親就會帶我們到比較「堅固」的朋友家躲颱風，父親則留守顧家。

一家在那裡住了一年，當我們搬走後才半年，一場大雨帶來土石流，把那間房子壓垮了一半，毗連的另一間房則全毀，還壓死了一個人，這時，我們才意識到，住那裡是在拿命「拚運氣」。

就在那個時候，青兒出現了。為那一年的「山居歲月」，帶來很多樂趣。那是我記憶中，母親第一個接回家帶的小嬰兒，自此之後，母親變成了常業保母，幫帶過許多孩子。

我對青兒的印象很深，他大約兩個月大時就來到我們那潮濕、狹小、蛇蟲不絕的破房子。青兒的父親也是大陳人，和父親很熟，血氣殷盛的他，好打抱不平，有一次在與人衝突時，竟失手殺了對方，被判了重罪關進監牢。青兒的母親受不了打擊，也無法照顧青兒。父親和母親同情這位大陳老鄉的處境，便把青兒接回家照顧。

青兒很愛笑，總是發出咯咯的笑聲，只要一笑，他那雙水汪汪的大眼睛就會瞇成一條線，說有多可愛，就有多可愛。對我和妹妹來說，青兒簡直就是天上掉下來的洋娃娃，兩兄妹忙進忙出的，搶著幫母親「帶小孩」。有一次，青兒哭個不停，怎麼哄也哄不聽，後來我拿了一面鏡子讓青兒照，青兒一看到鏡子就笑了，鏡裡的他一笑，青兒就笑得更開心，從此，鏡子就變成哄青兒的法寶。

青兒在我們家住了半年，他的母親就把他接走了。也不知母親是帶出了興趣，還是帶出了名聲，此後，母親就開始幫人帶小孩，大部分都是大陳親戚家的孩子。小叔叔去美國工作時，年幼的女兒就託給我們家照顧；四嬸嬸生病開刀，四叔叔要專心照顧，就把兒子託來我們家；我的表姊和表姊夫經商，生意忙不過來，也把剛出生的女兒託給父母親照顧。

這些寶寶，大概都會帶個一到四年不等，從我讀小學到國中到高中，記憶中，母親差不多帶過六、七個孩子，我們家就像是個大陳人的保母中心，家裡永遠都充滿著娃娃的哭聲與笑聲。

帶親戚家的孩子，薪水不多，因為，大部分親戚會把小孩託來，家裡的狀況有時也不甚了了，帶起來多半有半義務性質，但一方面終究是家裡的親人，一方面母親也喜歡孩子，喜歡家裡添著熱鬧的氣氛，所以也沒太計較薪水。

有一段時間，我的表姊把剛出生的小女兒瑾兒託來家裡照顧，同時候，一位國小老師也把女兒小好託來家裡照顧，這是母親帶過的孩子裡，唯一不是大陳人的小孩。母親說，那時候家裡三個孩子都大了，家裡冷冷清清的，有兩個小寶寶陪伴，帶給母親很大樂趣。清早和傍晚，母親用推車載著一個，身上背著一個，帶她們到山裡去散步，唱童謠哄她們，平常在家裡陪小朋友玩，做點心給小寶寶吃。如果父親在家，也會逗著兩個娃兒玩，看著她們從襁褓中的小嬰兒，到牙牙學語，到唱歌走路，母親說，很有成就感，就像回味三個兒女的成長點滴。

母親帶小好較久，帶了三年九個月，瑾兒則帶了一年九個月。

那時我在高雄讀大學，和兩個小寶寶的相處，主要是在寒暑假回基隆時，我對小好的印象比較深刻，是個很聰明的小寶寶。

小好的成長階段是沒有「爬」的這個階段的，她很有趣，為了一邊移動，一邊手上還可以抓著食物或玩具，小妤發明了一個我從沒見過的移動方式：坐著前進。也就是，她會坐在地上，左手拿著東西，用右手撐在前方，用力扭身，就把身體甩滑向前，這需要很強的臂力。別小看這樣的前進方式，「滑」起來，速度不輸給用爬的小朋友。

小妤很喜歡看一部教唱遊的兒童劇，音樂一開始，還沒辦法獨立站立的她，會扶著牆壁緩緩站起，當小朋友們在電視裡現身時，她就會和裡面的小朋友一起搖屁股，節奏拿捏恰到好處，總會教人捧腹一笑。

我們家不只是大陳人的保母中心，有時也會成為大陳親友的寄宿家庭，曾有幾個表姊、表妹長期寄宿在我們家。記得，一位住在花蓮的表姊來基隆讀護專，便住在我們家，表姊來基隆後不久，她的母親也就是我的小阿姨忽然中風，無法照顧子女，讀國中的表妹搬到基隆來，表姊妹兩個人就一起住在我們家。

印象深刻的是，我的表妹長得十分漂亮，和我的妹妹讀同一所國中，表妹轉學來時，還引起不小騷動，我家公寓樓下，從此也經常會出現一些「愛慕者」遊蕩。

後來哥哥添了長子，要母親幫帶，母親便把瑾兒送回；不久後，父親罹患胃癌、動了大刀，母親必須專心照顧父親，也只好請小妤的父母把小妤帶回。因為過度擔心父親的病情，母親得了憂鬱症長達十年，沒有辦法再帶小孩。

母親的十年憂鬱症，一直到我的小女兒出生，才快速好轉，可能母親和我的小女兒很有緣吧，本來已不太出門的她，在我的小女兒出生時，就常常帶她到處遊山玩水。我想，也許是我的小女兒召喚回了母親被憂鬱封鎖的母愛，讓她回想起拉拔我們三個兒女長大，以及照顧青兒、瑾兒、小好等小寶貝的甜蜜回憶，才讓她從憂鬱的深淵漸漸走出。

第21章　記憶裡的年味

小時候，過年是最值得期待的事了。

每年過年，羅家親友們總是會群集來基隆過年。父親是長子，這是因素之一，還有一個因素則是，母親燒得一手好菜，大家搶著來我們家「打牙祭」。也因此，不但父親那邊羅家的親戚會來我們家過年，連母親那邊，也會有許多蔣家的親戚來家裡過年。

父親常笑說，到了過年，我們家就成了大陳人密度最高的地方，四十坪左右的公寓，大人小孩加起來，竟可擠上三、四十個人。由於人實在太多，後來父母親還得請親戚們「排班」來家過年，因為一次全來實在容納不了。

我絲毫不覺得擁擠，愛死了這一份熱鬧。

過年到，家裡的麻將桌，一開就是三桌，日夜鏖戰。打累了就到房間的地鋪倒地就睡，原在旁觀戰的親戚則會接手。小朋友按年齡分組，年紀大一點的玩接龍、撿紅點，年

羅家親友

紀小一點的就翻牌比大小。反正大家都拿了紅包，就算大多還是會被爸媽收走，但多少還是會留一些零用，讓小朋友們在玩牌時，可以拿來當「賭本」。

除了打牌以外，我最喜歡和堂弟、表弟們玩陸軍棋，或者一起到街上放鞭炮，總之，小朋友一多，調皮搗蛋的鬼點子也多，就是會想出一堆好玩有趣的花樣，讓一整個過年快樂得不得了。

這所有人裡面，最忙的就是母親。母親也會打麻將，但在過年卻很少看她打麻將，她是過年時我們家的「總鋪師」，忙進忙出地打點早餐、午餐、晚餐、消夜、點心、茶水……那時候的我還沒感覺，長大以後回想，真覺得不可思議，母親到底是怎麼辦到的？

這是來台灣以後的過年，那麼，在大陳島的年是怎麼過的呢？

父親聽我問起這個問題，沉默了半晌，答道，那時候，物資匱乏，大家也都窮，過年當然不像在台灣時那樣可以大吃大喝，但還是滿熱鬧的。

羅家在大陳島算是小有局面，每年過年是會宰一頭豬，拜天公後，把豬的瘦肉一部分醃起來，一部分分給親友與鄰居，而豬的肥肉就不分了，主要拿去熬豬油，那可是重要的食物佐品。

可別小看這頭豬，羅家算是大陳島上境況較好的人家，一年也只養得起一頭豬，祖父與曾祖父曾經想一年養兩頭豬，但試了幾次就放棄了，因為實在沒那麼多飼物可以同時養兩頭豬。

單單有豬肉可吃這件事，就是不得了的大事，就足以讓父親小時候對過年充滿期待。除了有肉可吃，其他的年菜包括，大蠶豆、青豆、花生，炒一炒，就算是豐盛的年菜。魚麵也是必備的，大陳人一般用鰻魚來做魚麵。父親說，用鰻魚做魚麵最好。

小時候，也常看母親自己擀製魚麵。但父親說，現在鰻魚不好買到，從外頭店家買來的魚麵，很多都是太白粉做的，品質和家裡自製的魚麵完全不能相比。

大陳島另外一個有名的食物則是大陳年糕，像白白的狗骨頭。父親說，做年糕的米，必須是很好的米，我們叫做「晚米」，村子裡只有我們家有種那樣的米。過年時做出來的年糕，泡在水裡保存，加一點海水，定期換水，可以保存到端午節都還可食用。但前提是，要把年糕做到又乾又硬，幾個人不斷來回地用杵擊打，把年糕打得十分結實，裡頭不能有一點點空氣，這樣才能長久保存。

現在在台灣做出來的年糕，很多是用機器攪的，不是人工手打的，就沒有辦法像在大陳島那裡做的年糕保存的那麼久。

有年菜，也要有好酒配，大陳人也會釀酒，但羅家釀的酒，在村子裡則是鼎鼎有名。

「整個村，只有我們家會釀地瓜酒，親戚們一定會來報到，為的就是要喝羅家釀的地瓜酒。」父親說。

地瓜酒是用蒸餾的，釀起來有點像高粱酒，剛釀出來的時候，比高粱酒還烈還香。除了地瓜酒外，也釀糯米酒，還可以做甜酒釀，打個蛋下去，就是當時的人間聖品了。父親與母親到台灣來後，也會在家裡自己釀酒，有的自己喝，有的就送親友，但釀酒的技術，我們這一代並沒有學起來，所以，當父親告訴我釀酒需要的原料、程序時，我聽得一頭霧水，總之，聽起來是頗為繁複的一道程序。

放鞭炮也是必須的儀節，但不像台灣有那種成串的連珠炮，在大陳島，沒有那種東西，就算有，大概也買不起。所謂放鞭炮，就是從大陸商人那邊買幾顆來，意思意思地放。通常，在除夕夜的午夜前，會放所謂的「關門炮」，一次放三顆。午夜過後，再放開門炮。放鞭炮是禮俗的一部分，只有大人可以放，可不像台灣，變成小朋友的遊戲。

許多的大陳人會在除夕夜守歲到天亮，而守歲的餘興節目倒是傳承到台灣來，就是打麻將，只不過，大家多半是到麻將館去打，那一夜麻將館可熱鬧的。

給紅包也是要的，但不只小朋友有紅包可拿。家裡的家具萬物也有紅包可拿，不管是鋤頭、掃把、門縫，都要放紙錢，這是一種惜物、敬物的精神，感謝這些物事過去一年的辛勞，也請這些物事，在未來新的一年，能夠帶來興旺。

還有一樣是不變的，就是小朋友的玩性。

在大陳島，過年逢冬，天氣冷峻，水會結冰。有些地方，會結出一個一個冰墜子，小朋友們把冰墜子摘下來，就拿來當冰棒吃。

冰不但是零嘴，也是玩具。娃兒們會先把水倒進臉盆裡淺淺的一層，隔天結了冰，就變成一個冰盤。再把臉盆外圍用火溫烤一下，冰盤就會從臉盆脫落。接著，用加熱的鐵桿在圓盤的中心熔一個洞，一個剖開的竹片穿過洞，彎折起來就變成把手。然後，大家就可以在冰地裡溜冰盤。

大陳島過年並不常下雪，就算下雪，雪積個十公分就算深的了。如果下雪，小朋友也就有不同的樂子，可以打雪仗。

不管是溜冰盤或打雪仗，除了少數家境較好的人家，有竹鞋可穿，大部分的小朋友還是赤著腳到處跑，長凍瘡也無所謂，習慣就好了。

回想起自己童年時候的過年，聽父親講起他在大陳島童年時的過年，物質條件雖異，但熱鬧的心就沒有太大的不同，反倒是現在，過年似乎和平常的例假差別不大，很多年都沒有那種幾十個親戚齊聚一堂的盛況了。

是人情淡了，所以年味淡了？還是物質進步得太快，天天都和過年一樣，凸顯不出過年與平時的反差，所以年味淡了呢？

第22章　說書人船長

記憶中的爺爺羅啟明總是給人嚴肅深沉的感覺，有些威嚴，不太常笑，不像奶奶梁翠英永遠笑口常開，每次看到孫兒孫女，就一把抱在她的膝上，然後摸著孫兒孫女的耳垂子，慢慢地摸、柔柔地摸，哼著曲子，這是孫輩們對奶奶的共同印象。

「我小時候，你的奶奶對孩子要比爺爺嚴格得多！」父親說。

在家裡負責管教子女的是奶奶，從小到大，父親只被爺爺打過兩次，被奶奶打的次數卻是多得記不清。

「不過，家裡被打得最多的是你的三叔叔！」父親說，奶奶打孩子大多只是做做樣子。小時候他和二叔叔很皮，一旦犯錯，看到奶奶要祭出家法時，就會抱頭鼠竄。綁著小腳、走不快的奶奶也拿父親和二叔沒轍，但只有三叔，奶奶要打孩子時，他會坐在地上哭，卻不會跑，雖然三叔小時候並不像他的兩個哥哥常惹禍，但挨的揍最多的反而是他。

奶奶個兒嬌小，打孩子也沒真的用力，打了也不痛。但奶奶罵起人很凶就是了。反倒是爺爺，性情溫和，不喜歡和人爭執，父親從沒看過爺爺和別人吵過架。

在大陳島，爺爺很受鄉親的敬重，爺爺上過私塾、讀過書、識得字，以爺爺那一輩來說，大陳島上讀書識字的人少之又少，因為學費很貴，沒幾個人請得起私塾老師。爺爺也撥得一手好算盤、會記帳，爺爺同時還是船長，駕帆船的技術在大陳島是有名的，爺爺也擁有屬於自己的捕魚船隊，雖然這個「船隊」總共的船員也不過六、七個人左右。

還有一件事，也就是爺爺很會說故事，當農漁事都忙得差不多，偶有空暇時，爺爺常常就邀集鄉人來家裡，開始說書，三國演義、五虎平南、五虎平西、楊家將、萬花樓、七夕夫妻……每一個故事，爺爺說得鮮活，還會比手畫腳，唱作俱佳，所以，農閒漁休時，羅家常常高朋滿座，總會聚集一群人來家裡聽爺爺說故事。

這一段往事，我以前未曾聽父親提過，原來爺爺並不像我印象中那樣的嚴肅，是個溫和敦厚、知古通今、受鄉人敬重的船長和說書人！我又想到，我的兩個女兒很愛說故事，最近還常催促我要把她們編的故事一個一個記下來，也許這個愛說故事的基因是遺傳自她們的曾祖父呢！

「說也奇怪，那時候的我，反而對聽故事沒有太大的興趣，你的爺爺說書時，我聽個一會兒，就會溜到海邊釣魚、捉螃蟹。」父親的語氣裡有一種淡淡的惋惜。

「也有可能我比較喜歡自己讀故事書勝過聽故事吧，你的爺爺收藏了很多歷史故事書，這些都變成我的讀本。」

從大陸島撤退來台灣後，爺爺還是繼續在花蓮打魚，和那時候從大陸撤來台灣的其他人一樣，都以為很快就可以回故鄉。

父親一家在春天離開大陳島，撤離時，爺爺還告訴父親，大概中秋節左右就可以回到大陳島了。一家人忙著把鍋碗瓢盆藏好，還費心地把地瓜刨成地瓜絲，曬成地瓜乾，貯在木桶裡保存起來。

「你的爺爺說，我們秋天回到大陳島的時候，也不知道那時候有沒有東西吃，先把食物準備好，比較保險。」

爺爺奶奶沒有想過，一來台灣就回不去了，也沒想到最後會終老、埋骨在台灣。

爺爺到了台灣，被分配到花蓮繼續捕魚。政府配給爺爺一艘二噸的機動船、兩個竹排。爺爺就和幾個同鄉一起在花蓮的七星潭海域捕魚，爺爺還是當船長。

捕魚時，爺爺會駕著漁船拖著漁網，把漁網沉進水裡，接著由竹排點燈引魚到網中，再把燈一關，竹排離開，然後收網。

問起父親，那時都捕些什麼魚？父親說，都是一些小魚。用大陳話念起來的發音叫「鰗」、「甜米」、「九桿」，但在台灣這些魚叫什麼名字，父親已記不得。

但在花蓮捕魚的漁獲遠不如在大陳島時好，所以爺爺打魚幾乎賺不到錢，日子也過得窮苦。後來父親到基隆工作，不久後，爺爺奶奶就搬到台北來。

到了台北後，爺爺奶奶沒有工作可做，但爺爺發揮了他的生意頭腦，跑去收舊衣，因為當時美國會派送一些救濟的衣服，衣料都很好，爺爺就去收來賣。爺爺很聰明，他採取的是「寄賣」的方式，也就是把衣服收來，賣出去才拆帳，如果賣不出去，就將衣服還給原主，也不會賠錢，基本上是一門「無本生意」。

但一來，爺爺的年紀也大了，健康開始走下坡，加上這樣的生意市場不大，約莫只能賺一些零用錢而已。爺爺最喜歡的事，就是打麻將，如果賣衣服賺了一點錢，爺爺就會去打打麻將。

大概在我九歲的時候，奶奶開始出現老年痴呆的症狀，剛開始時，奶奶變得疑心病很重，總是把僅有的私房錢貼身帶著，父親有時會開奶奶玩笑，說要向她借錢去打麻將，奶奶會很緊張。接著，症狀一年比一年嚴重，漸漸的，連兒女和孫兒孫女的名字都叫不出，常常吵著要吃飯，明明才剛用過餐，奶奶卻堅持她還沒吃過飯。

爺爺則在同一年中風，半身不遂，只有一隻手可以動，勉強可以自己進食。爺爺雖然中風，但頭腦還很清楚，只是不能言語，也沒辦法好好寫字。

剛開始的兩年，因為二叔和小叔都去美國發展，父親和三叔叔輪流把爺爺奶奶接到家裡來照顧，但兩年後，三叔的家裡狀況也不好，已沒有辦法照顧爺爺奶奶，身為長子的父親便把爺爺奶奶接到基隆長住。當時我們在基隆的家是一間位在二樓、二十來坪大的公寓，但基隆的房子多半沿著山坡蓋起，我們家的公寓也是靠著一個陡坡，所以從正面看去是二樓，但出後門卻是一個挨著山壁的窄巷。父親便沿著山壁的矮巷增建了一個房間，用來安置爺爺和奶奶。

一次照顧兩個失去自主生活能力的老人家，是非常辛苦的，父親在碼頭的工作重，當時負擔最大照護工作的是母親，也許是因為壓力太大，那時候，父親和母親也常吵架，家裡的氣氛並不好。

爺爺奶奶臥病大約五年後，相繼過世。

爺爺中風的那幾年，父親說，常常覺得爺爺有很多話想說，總是一臉急切地想要說些什麼，卻一個字也吐不出來，爺爺很努力地想試著好好的把話講出來，只是愈急就愈講不清楚，只能發出荷荷荷的粗重聲音。有時候看得出爺爺放棄了，但隔了一陣子，爺爺又會開始想說話。

我國中時，也看過好幾次爺爺那種如鯁在喉、想要吐訴什麼卻又什麼都說不出的神情，雖然心疼，但好像也幫不上什麼。只是，那時的我，從沒有從父親的角度去想，父親看見爺爺的樣子，心中是什麼感受。

已經半身不遂的爺爺，卻很要面子，其實那時候的爺爺已經很難自己如廁，父親為了照顧爺爺奶奶，在爺爺的臥鋪邊上安裝了馬桶，爺爺常常執意要自己如廁，如要幫他，他會生氣，但最後總是弄得穢物四地。

「他不想讓家人麻煩，也想顧自己的尊嚴。」父親說，當他回想爺爺奶奶臥病的那五年，他常覺得，其實奶奶走得比爺爺要平靜得多，比爺爺有福氣些。因為那時候奶奶其實腦袋已經很不清楚了，她並不知道自己面對的痛苦，也不知道家人照顧她的辛苦。

而這些，爺爺都知道，因為他都知道，所以人生最後的這一段路就更痛苦。爺爺奶奶過世後，骨灰都安置在基隆的南榮公墓。

「母親，七十三年十二月十九日早上七點過世；父親，七十四年七月九日早上九點過世。」

父親翻開紙頁已經泛黃的小筆記本，其中一頁註記著爺爺和奶奶的忌日。看著這簡單的兩行字，父親沉默了許久，我忽然驚覺，一晃眼，爺爺奶奶離開人世竟已經三十年了。

而我到爺爺過世三十年後才知道，爺爺是一個多才多藝的說書人船長。

第23章　賀年卡

可能是因為祖父是羅家單傳的獨子，為了繁衍家族，祖父和祖母，一共生了八個孩子，五男三女，羅家到了父親這一代，總算是「人丁興旺」。

父親在家裡頭排行老二，上頭還有一個大他三歲的姊姊，但若以男丁來算，父親是長子。

大姑姑十七歲時就出嫁了，那時父親才十四歲，而且大姑姑是嫁到下大陳島，並不常回上大陳，出嫁後互動較少，反倒是來到台灣才開始有較多的往來。所以，不太常聽到父親提起他和大姑姑的童年交集。談起大姑姑，父親淡淡地說，大姑姑很能幹，在家裡幫奶奶處理很多家事。

我對大姑丈的印象反而比大姑姑深，在遠洋漁船上當副船長的他，每次出海回到基隆，都會帶最新鮮的魚貨來家裡。有一次，大姑丈送了一隻學名叫鱟（hou）的海底甲殼生物，看這生物恐怖又古怪的樣子，讓我興奮好久。

牠大概有一個小臉盆大，圓圓的背甲十分堅硬，拖著尖刺狀的長尾，綠豆大小的眼睛就長在背甲上，翻過來，腹部長著像蟹足的細腿，我愛死這隻怪物了，每天都等不及把牠帶出去現寶，但沒幾天，這個意外來到我家的怪物就死了。

問起姑姑和叔叔們，父親說得最多的是二叔。

「你的二叔是很聰明的人，學什麼都是一學就會，也因為聰明，從小就得寵愛，你爺爺奶奶最疼的就是你二叔。」

父親的個性比較柔軟，和二叔的剛烈火爆恰恰相反，但一柔一剛的兩個人，骨子裡都很固執。

「他的性子來得快，吵架吵很凶、打架也打很凶！但也去得快，吵完後，第一個道歉的總是他，脾氣發過就忘了。」

有一次，二叔為了細故痛罵父親，但罵完後不久就來道歉，父親不想和他說話，二叔倒是很瀟灑地開導父親：「大哥，我們是兄弟，吵架有什麼關係，不該那麼小器，為了吵架傷和氣！」父親聽他這麼一說，更生氣。

二叔剛開始在台灣做裁縫，在台北羅斯福路一帶做旗袍、西裝。覺得裁縫賺不了錢，出國到美國的餐廳當夥計，一待就是十幾年，出去時，孩子還小，回來時，孩子都長大了。

三叔則是完全不同的個性，和氣老實，不太與人爭執，三叔原來當船員，當了一段時間，拿積蓄開皮件工廠，靠股票賺了很多錢，但後來股市泡沫化，不但賺來的錢全賠回去，也把所有的家當都賠掉。但個性低調耐苦的三叔不以為意，轉去開計程車，為了多賺點錢，總是拉長了工時，還常常憋尿，開了好些年，卻得了膀胱癌，不久後就過世了。

二叔回台灣後，三叔還在開計程車，父親那時因罹患胃癌退休，雖然醫囑不准喝酒，父親卻常常拎著酒、帶一條醃魚，到台北找二叔和三叔，兄弟三人把酒言歡，雖然當時兄弟三人的境遇都不算好，但聚在一起喝酒，卻是人生樂事。

父親說，當時他得胃癌，三叔後來得膀胱癌，三兄弟裡，二叔的身體是最硬朗的，誰知，在三叔過世一年後，二叔有一天卻不明原因地暴斃，過世了好幾天才被發現，到現在，也查不出原因。

父親得知噩耗，搭計程車到台北想見二叔最後一面，但親友就是不讓父親看，怕當時身體已不太好的父親受不了。

「我得了胃癌，一直認為自己活不久，反而是年輕力壯的兩個弟弟比我先走。」一年中，接連兩個兄弟過世，父親當時很受打擊。

四叔則有另一個不同的故事。

曾祖母過世時，家裡的孩子太多，大人卻不夠，爺爺奶奶分不出心去照顧那麼多的孩子。剛好，姨婆沒有小孩，希望爺爺分一個小孩給她。那時姨公和爺爺在一起打魚，兩家非常交好，爺爺將四叔過繼給姨婆家，四叔改姓為鄭。記得小時候，我一直不太理解，為什麼所有的叔叔都姓羅，只有四叔姓鄭。

「你的四叔小時候和兄弟們有些疏遠，後來我知道，他心裡有很多的疑惑！」父親說，雖然姨公姨婆只有這麼一個過繼來的兒子，很疼四叔，但他一直不解，為什麼被分出去的是他不是別人？這個問題困擾了他很久。

到台灣後，四叔才又和其他的兄弟打成一片。四叔和二叔、小叔、二姑姑的職涯路徑都非常相似，一開始都是做和服飾有關的行業，後來在服飾業發展遇到瓶頸，便到美國的餐廳打工。

這也是很多大陳人的人生模式，在台灣發展一陣子，便到美國的華人餐廳去打工。當時，美金兌台幣是一比四十，美金好賺得多，直到年歲大了，加上後來台幣也升值了，他們才返回台灣。

這樣的工作模式，不只要承受離鄉背井的適應問題，更大的苦處是孩子帶不過去，必須和孩子分開。二姑姑和二姑丈一起到美國，他們的孩子，有一段時間就寄養小姑姑家。而當小叔叔去美國發展時，她的女兒有一段時間，也寄養在我們家。

二姑的兒子，和我從小玩在一起，他的父母親在他讀小學時就去了美國，直到他讀大學才回來，十多年都沒見過面。我有一次問他：「怎麼看這一段日子？」

他想了想答道：「有好有壞！」我問，哪裡好哪裡壞？

「好處是，沒人管，每件事你都可以自己作主；壞處是，沒人管，每件事你都必須自己作主！」表弟聳聳肩答道。

「大伯，又是一年過去，你一切都好嗎？我們都很想你！」父親拿起三叔兒子寄來的賀年卡給我看，父親說，三叔過世後，堂弟年紀還小，但他每年都會寫卡片問候，從不間斷。

小小的賀年卡，是堂弟對我父親的記掛，看著父親用手輕輕撫摸著這每年必到的賀年卡，我知道，這也是父親對他的姊妹弟弟們永遠的掛念。

第24章　旗袍夫人

雖然祖父那一代羅家男丁單傳，但除了三個早夭的女嬰不算，祖父祖母一共生了五男三女。讓羅家的人丁重新興旺起來。只是生得多，卻養不起，所以我的四叔，從小就被沒有子嗣的親戚家收養。

我一直以為，父親的兄弟姊妹中，只有四叔被讓出當別人的養子。

「不只你四叔，我也當過別人的養女啊！」有一次拜訪二姑，二姑說她小時候，祖父祖母也把她送給別人當養女。對二姑來說，那是一段很奇特的人生經驗。

一九五五年，羅家從大陳島撤退來台灣時，二姑才七歲。接著羅家被分配到花蓮，當時的大陳村還沒蓋好，所以被分配住在花蓮的糖廠。兩大七小，一家九口擠在小小的空間裡。

像這種生多養難的大陳人家當時非常多，很多人家就把孩子出養，可以減輕負擔。有的小孩甚至被送到國外去。

當時，我的一位表嬸婆在壽豐鄉鄉長家幫傭。有一天，鄉長告訴嬸婆，他想收養大陳人的小孩，並且希望是個女孩兒。

嬸婆便來和祖父商量，說羅家有這麼多的孩子，送一個出去可以減輕負擔，而且對方是鄉長，女兒送過去不會吃虧，對她的將來也好。爺爺奶奶也覺有道理，便把二姑送給鄉長當養女。那時二姑九歲。

「那時候妳都沒有反抗、哭鬧嗎？」我問二姑。

「我從小好奇心強，活潑好動但不愛哭，那時候，好像完全沒有反抗。就這麼傻呼呼地被送走了。」

鄉長家另外還有兩個小孩，一男一女。兒子是親生的，小二姑一歲，二姑都叫他弟弟。另一個女兒則也是收養的，小二姑四、五歲，年齡太小，所以二姑和這位妹妹的互動不多。看來鄉長很喜歡女孩，鄉長住的是日本式獨棟木造別墅，有個漂亮的院子，院子種了一些蓮霧樹、芭樂樹等果樹。環境很清幽。

鄉長和他的太太都非常疼二姑，就像是親生女兒一樣疼愛。

有一次，二姑和弟弟經過一個賣冰的商家，老闆看二姑可愛，就送了她和弟弟各一支冰，弟弟堅持不拿，二姑倒是大方地拿了。弟弟立刻糾正二姑，說爸爸說過，不可以隨便拿別人的東西。

二姑當時不懂，只覺得別人對她好，給她東西，為什麼不可以拿？大一點才知道，鄉長有官職在身，對家人的要求很高，不許家人在外頭拿別人的東西，所以從小就對弟弟耳提面命。

隔天鄉長夫人給了二姑兩塊錢，對二姑說，以後每天都會給她零用錢，想要吃什麼，就去買。鄉長夫人沒有訓二姑，但這麼說了，二姑也懂了。每天都有零用錢當然很開心，但二姑反而很珍惜這些零用錢，大部分都存在鄉長給她的撲滿裡沒有花掉，沒多久，撲滿就裝得滿滿的。

鄉長夫人對二姑的疼愛，有時連弟弟、妹妹都會吃醋。

「養母很喜歡看電影，但她每次看電影都只帶我去，反而沒帶弟弟妹妹去。」二姑說。有一次弟弟賭著氣說：「不帶我去看，我自己也可以溜進去看。」

但這種吃醋也只是暫時的，大多數的時候，弟弟也是纏著她「姊姊、姊姊」地直叫。

來到鄉長家不久後，鄉長就把二姑送去上學，從小學一年級讀起，那時候弟弟已升上小學三年級。她很多功課不懂，弟弟還會教她。

「我考試時，他有時還會跑到窗邊，偷偷教我填答案，因為他都知道。」二姑說。

在鄉長家裡，二姑學了很多東西。鄉長知道二姑喜歡吃香蕉，下班回家時，總是會拎一串香蕉回來，回家後的第一件事就是把二姑抱在身上，然後教她注音符號、教她認識鐘表、認識季節、認識地理歷史的知識。身材短圓的鄉長，臉上永遠掛滿和藹的笑容，是一個學識豐富的人。

不像鄉長，永遠就是穿著短襯衫、西裝褲，看起來很普通隨便的打扮。鄉長夫人很注意儀表，當時三十多歲的她，身材高䠷，很有氣質，是一個很漂亮的女士，除了常常帶二姑去看電影，在家時，鄉長夫人就聽留聲機。她特別喜歡穿旗袍，打扮起來很典雅，走在路上總會吸引很多的目光。

「她穿起旗袍真的好美，真覺得她好像天使下凡來的。我那時候還許了一個心願，我長大以後，每天都要穿旗袍。」二姑說笑了一下接著說：「這個心願當然沒實現，長大後的我很少穿旗袍，不過，我倒是嫁了一個做旗袍的人。」

二姑看了坐在旁邊的二姑丈一眼，二姑丈年輕時有一段時間就在做旗袍。

鄉長夫人的繡工也很棒，會自己做衣服，她還親手做了很多花洋裝給二姑，二姑都說那是「跳舞衣」。

但這段養女人生並不長，二姑只寄養在鄉長家八個月，就被送回了。因為，當時大陳人出養子女的情形太多了，中央有個令下來，希望這種情形要節制。鄉長是政府官員，不能自己帶頭違反這個政策，只好把二姑送回羅家。

二姑便帶著她那餵得滿滿的撲滿回家。

「二姑，那妳被送回家後，會不會反而不適應啊？」我逗著二姑問。

二姑笑了笑，說她也很想念親爹、親娘，回家也很開心。而且，養父養母後來也常來探望她。二姑結婚時，他們也來參加婚宴。

二姑說，她一直是個神經大條的人，對於被送走又送回，她的適應都很快。反倒是學校老師被搞混了，當二姑再回到學校時。老師一臉疑惑地問二姑：「妳叫王菊芬，怎麼變成了羅菊花。」

其實搞錯的是老師，二姑的本名就是羅菊花，送到鄉長家後才被改名，變成王菊芬的。

「總之，是一段充滿甜蜜的童年回憶啦！養父養母都是很好很棒的人。」二姑笑著說。

第25章　蛋炒飯

「表哥，有件事我掛在心上十多年了，我想向你說對不起。」一次聚會時，從小就和我玩在一起的表弟忽然這麼說。

「哦？有這麼嚴重哦，竟有一件事讓你掛心這麼多年？」

「唉！我也不知道以前自己是怎麼了，你結婚請客時，我竟然沒到，一直覺得對不起你。」表弟說。

我哈哈一笑，答道：「我結婚時，根本沒有辦婚宴啊！」

原來，我是要辦婚宴的，但我結婚時，母親罹患重度憂鬱症，不知為什麼，結婚請客這件事，讓她非常煩惱，她本來就已經深受憂鬱症之苦，為了這件事，變得更焦慮。即便我告訴她，婚宴的事我自己處理就好了也沒有用，她就是日夜掛心、緊張。

不忍讓母親繼續為此事煩惱，我和未婚妻商量，她在高雄的女方宴客照辦，但到舉行前再讓母親知道，請她下來即可，而我在基隆的男方宴客就不辦了。未婚妻和她們的家人都很體諒，告訴我，就照我的意思，男方不辦婚宴。

不只我沒有辦婚宴，妹妹也是在母親罹憂鬱症時結婚的，她也沒辦婚宴。

聽起來，婚宴是喜事，為婚宴煩惱似乎沒什麼道理，但在母親得憂鬱症的那十年，從母親的身上，我深刻地體會，憂鬱是一種陷入，不需要道理的陷入。

那一段時間的母親，和得憂鬱症之前判若兩人。

說起母親蔣夏蘭，「勤勞、能幹、強韌、固執」，認識她的人，大概都會得出這樣的印象總結。母親的這些人格特質，一部分來自天性，一部分則是來自幼年艱困的環境。

「家裡窮，十二歲前連鞋子都沒得穿。」母親說。在大陳島，冬天有時還是會冷到下雪，赤足走在半泥半雪的土路上，那滋味可不好受。

而沒鞋穿的這件事，後來竟也變成母親不肯上學的原因。

「來到台灣後，我們家被分到花蓮，我進了小學，從小學一年級讀起，每天打赤腳上學讀到三年級，學校的男孩子見到窮人家的孩子會刻意欺負，有一次他們放狗追我，我很害怕，從教室爬窗想逃，結果跳下窗戶時，腳被一根尖刺刺穿。」母親說：「從那時候開始，我決定再也不要上學了，我要去賺錢，靠自己買一雙鞋。」

外婆要她去上學，她不依，就乾脆逃家。於是一個十二、三歲的小女孩，便一個人隻身走遍了台灣很多地方，大半是到有錢人家裡去當傭人，幫忙洗衣、煮飯、打掃。因為母親天生勤快加上廚藝更是一流，也很得雇主的照顧。這樣流浪的日子，直到嫁給我的父親才開始改變。

嫁給了到處打零工的父親，家庭的經濟當然相當困苦，但母親的勤勞刻苦與節儉持家，卻讓她的孩子不愁溫飽，她的好手藝後來往繡工上發揮，到處接一些家庭訂單，就在家裡一邊照顧孩子、一邊縫縫繡繡以貼補家用。

記得小時候，我看到一張舊照片，照片裡有幾個小孩子，裡面只有我哥哥穿著整齊的新衣服，還有一雙漂亮的皮鞋。母親說，她和爸爸再苦也無所謂，但她一定要給孩子最好的。我想，一方面，這是母親好強不服輸的個性使然，另一方面也是因為母親想起小時候沒鞋穿的苦，對她來說，讓她的孩子有鞋穿，或許是母親內心裡化不開的執著吧。

雖然母親只讀到小學三年級，學業就中輟了，但她對孩子們的教育卻是非常重視，無論如何，也要讓孩子把書讀好。母親的邏輯和同一代的其他父母一樣，認為如果孩子沒有受到好的教育，就會像他們一樣過著很辛苦的日子。

說起大陳島的生活，母親說，她只記得很苦很苦，吃也吃不飽、穿也穿不暖，其他的事，印象都很淡了。但有兩件事她卻是記憶深刻，這兩件事都和在大陳島駐防的軍人有關。

「那時候在大陳島的軍人大多從外地來的，說的話和我們不一樣，我覺得很好奇，很喜歡去模仿他們講話或走路的樣子，有一次，有一位阿兵哥拿著海螺在吹號角，我學他的樣子在旁邊嗚嗚嗚地叫著，結果，他一腳飛踢過來，就把我踢昏了，我的腳被踢開了好大的口子，血一直流不停。」

雖然有這樣不愉快的經驗，但母親也說，她在大陳島時，收過最棒的一個禮物，也是來自一個從外地來大陳島駐防的阿兵哥。

「我上頭有四個姊姊，因此，我從來沒有穿過新的衣服，我的衣服都是大姊穿過給二姊、再給三姊、再給四姊，然後再給我穿，上面縫著滿滿的、數也數不完的補丁，簡直快看不出那是一件衣服。」母親接著說：「但有一個阿兵哥對我很好，有一次，他把一件軍服重新染過後送給我，我那時候開心得好幾天都睡不著覺。那件衣服穿在我的身上完全不合身，大得很古怪，但卻是我唯一一件在上頭沒有補丁的衣服。」

對一個不滿十歲的小女孩來說，最大的心願就是一件沒有補丁的衣服。

個性堅毅的母親，對人卻十分熱情，母親非常好客，在她得憂鬱症前，我們家那三十多坪的小小公寓，可是有名的「大陳聚會所」。大陳親友們每逢假日，就會從花蓮、台北等各地到我們家報到。

尤其吸引人的是母親的好手藝，親友來時，一定會備妥家鄉料理，酒是自釀的、魚麵自己擀製、年糕則是我的外婆外公親手做的，只要母親燒幾道功夫菜，親友們就會流連忘返。但我最喜歡母親燒的菜是一些尋常的家常料理，番茄炒蛋、馬鈴薯炒蛋、獅子頭蒸蛋等等，我尤其愛的是母親炒的蛋炒飯，不乾不焦、不油不膩，入口軟嫩，我總是一碗又一碗地吃個不停。母親常笑我，說我是蛋養大的。這幾樣簡單的家常菜，後來經常外食的我，從沒吃過比母親燒得更好吃的。

母親也很會做節慶應景的點心，粽子、月餅、蛋黃酥、元宵，母親全都自己做，她喜歡嘗試不同的食材搭配，所以她做的點心都是獨門的，其他地方買不到。即便是簡單的包子、饅頭，只要是母親親手做的，一下子就會被親朋好友、左鄰右舍搶光光。

母親也是社區裡有名的公關王，樂於助人又愛乾淨的她，每個月都會去洗公寓的樓梯，她不是只洗自家門前的樓梯而已，而是從頂樓一路洗到一樓。也許是因為年輕時身體不好，後來母親非常愛運動，每天清早就出門爬山，還會招鄰居一起去。在街坊裡，母親的好人緣可是遠近皆知。

這些光景，都在母親得憂鬱症後一夕改變。得了憂鬱症的她，從此除了看病外，幾乎足不出戶，也不喜歡別人來家裡造訪。有時一整天一句話都不說，就躺在床上或沙發上發呆，真要和她談起什麼，她對每一件事，不管再好的事，都會往壞處想。

她也幾乎不再下廚，就算下廚，燒的菜味道也變了。那十年裡，我吃不到母親炒的那天下第一美味的蛋炒飯。

母親的人緣好，即便她希望親友們別來家裡，但十年來，親朋好友、左鄰右舍，還是常常到家裡來探望母親，陪她聊天開導她，只是，母親還是走不出憂鬱的陰影。

這麼一個樂觀開朗的人會得憂鬱症，認識母親的人，都覺得既不捨又不敢置信。兒女們擔心也沒有用，她就是把自己關在那黑色的憂鬱世界裡。

那一段時間，得了癌症的父親最辛苦。自己身體已不甚好，還得要照顧陷進憂鬱症的母親。

然而，母親之所以得憂鬱症，我也有一部分的責任。

民國八十六年，父親罹患癌症，對母親而言是一個重大的打擊，而同時，我和哥哥都想轉變職涯，我考上了高考，進了號稱「鐵飯碗」的公家單位，卻決定辭職想走不一樣的路；哥哥是職業軍人，也毅然決定離開軍職，去外頭闖蕩。在父母親那一輩的眼中，哥哥和我的決定，是他們無論如何都無法理解的，「離開一個收入穩定的安定工作，只為了一個不著邊際的想法？」但哥哥和我的固執很顯然是從母親那兒遺傳下來的，把孩子與家庭當成生活所有中心的她，無力改變我們的決定，只能默默承受所有的壓力，然後等著這個壓力超出了她能承受的臨界點，便走進了憂鬱症的深淵。

「媽，妳還記得妳得憂鬱症那十年的情形嗎？」不久前，母親來我家裡看她的寶貝孫女，傍晚我開車送母親回去時，在車上問起母親。

母親答道：「說起來當然記得，但也沒記得什麼，就是渾渾噩噩的，覺得每一天都過不下去。」

「那時，我們都很擔心！」我說。

「還不是你們害的！」母親揶揄了我。「但都過去了，現在我看得很開了。」

母親說起她現在的心情。大約在六、七年前，母親說，有一天，本來足不出戶的她忽然不想待在家裡，一個人就出門走了一整天。第二天、第三天，她都出門，就是一直走路。

就這樣走了好幾天，接著，她開始和路人攀談，遇到了一些在宗教團體當志工的朋友，帶著母親參加他們的聚會，又帶著她去參加一些慈善服務活動，她很喜歡參加這些幫助別人的活動。

有一天，母親想，她要怎麼幫助別人呢？她想起自己的手藝，她決定開始做各式各樣口味的饅頭，拿去送人，送給宗教團體裡的師兄姊，也送給親朋好友和左鄰右舍。她開始主動要我在假日時把我剛出生的小女兒送去給她帶，週日她就背著她的小孫女去爬山……就這樣，一點一點，很神奇的，她把以前的自己找了回來。

母親說著說著，我已開到了母親家，母親問我：「你要不要上來吃個晚餐再走？」

我說好。

「那我炒蛋炒飯給你吃。」母親說。

第26章 癌後

「你不要老是和兒子說你身體怎麼樣、怎麼樣，說得讓全家人都在擔心你。」哥哥告訴我，父親在家裡無預警地昏倒，要我回家看看父親。接到消息，我趕忙奔回家中探望父親，正當探問父親狀況時，母親走過餐桌邊，輕聲地斥責了父親。

我本想幫父親說個幾句，父親輕輕地拉了我的手，示意我不要多說什麼，我忽然懂了父親的意思，也就沉默不語。父親慢慢起了身，轉身走回房裡，清瘦的身影，步伐卻踩得有些沉。

母親在廚房忙了一會兒，便出門去採買食物。我等母親離家後，走到父親的房間，想安慰父親。

「你媽說得對，其實我也不想讓你們擔心，我叫你哥哥不要告訴你的。」父親似乎還躭溺在母親的話語中，向我解釋他並不想讓兒女對他的身體掛心。

「爸，不要這麼說，你不告訴我們，我們才擔心啊！」我說。

父親沉默地撫摸手上小小隆起的肉瘤，那是他小時候削地瓜時不慎削去手指上一片肉後留下的傷疤。忽然，父親似乎想起了什麼一樣，昂起了頭對我說：「你們不要怪你媽媽，她是因為心裡很擔心才這麼說的，這十多年來，她為我的身體擔的心太多了。」

臥房又潛入了一片靜謐。正當我準備開口告訴父親，我在回家前已經向醫院幫他掛號排全身的健康檢查時，父親緩緩開口：「那一年，我發現自己得了胃癌的時候，你的母親，真的承受了很多……」我拉了一個椅子坐下，靜靜地聽父親回憶述說罹癌後的十七年人生。

父親是基隆的碼頭工人，年輕時原本在台灣四處打零工，直到在基隆應徵到碼頭裝卸工之後，一家才真正安定下來，這一做就是二十七年。

有人說農夫是看天吃飯，碼頭工人則是「看船吃飯」，船凌晨到，那就凌晨上工，正午到，那就正午上工。颳風下雨也一樣，船到就要出門工作。作息不正常，飲食也就跟著不正常，時間久了，就算是鐵胃也會受不了，父親從年輕時，就深受胃痛之苦，只是久而久之，也學會默默忍受，試著和自己的胃痛「和平相處」。

但這終究是脆弱的和平，癌細胞一直在父親的胃壁裡悄悄構工，等待時機，準備發動最暴烈的攻擊。

在父親被確診胃癌的一個月前，大概每天凌晨三、四點，胃痛會固定發作，這並不尋常。一來，以前父親的胃痛是偶發的，並沒有時間的規律；二來，以前胃痛發作會通常很劇烈，但這次卻有點像肚子餓的那種隱隱的痛感，有點悶悶的痛，不劇烈卻是持續的痛。就這麼痛了一個多月，父親決定去醫院檢查看看，擔心不已的母親陪著父親去醫院。醫院幫父親安排照胃鏡，照了二十多分鐘後，醫生皺著眉頭對父親說，看起來胃裡有長東西，要做切片進行細菌培養。

幾天後，母親陪著父親回醫院看報告，院方調出檢查報告，看了看，醫生說：「看起來一切正常，沒有什麼問題。」

父親立刻鬆了一口氣，心中大石落下。這時候，母親開口問：「不是說有做切片嗎？切片檢查的結果如何呢？」

醫生似乎漏掉有做切片檢查這回事，回頭調出報告，看了一會兒，便用一種輕描淡寫的語氣說：「哦，胃裡有長東西，應該是初期的胃癌，但不用擔心，大概只要切三分之一的胃就好了。」

父親覺得一陣暈眩，什麼叫初期的胃癌？什麼叫只要切三分之一的胃？那可是自己的胃啊！

「不開刀可以嗎？」父親猶豫了一會兒，鼓起勇氣問道。

「哦，沒關係，要等也可以。」醫生答道。

回家後，母親左思右想，覺得不對，便苦勸父親開刀面對。父親雖然心裡害怕，還是聽了母親的勸。

「當時我在想，還好三個兒女都出社會了，就算我有三長兩短，他們也可以照顧自己。」父親說。

那時候哥哥在部隊工作，我剛考上公務人員在公家單位上班，妹妹則在台中一家醫院工作，知道父親罹癌後，妹妹便辭去台中的工作，申請到父親看病的醫院當行政人員，以便就近照顧父親。

「我那時候求生意志很堅定，想到三個兒女都很孝順，我的第一個孫兒才剛出生，人生有很多值得留戀的事，一定要堅強活下去。」

等到開刀的日子，父親上了手術台，護士把父親的雙手都綁著，叫了一聲父親的名字，看父親有沒有意識，父親應了一聲，等她叫第二聲，父親還沒來得及回答，就失去意識了，直到十二小時後才醒來。

醒來後，第一個敲進父親身體裡的感覺，是從四面八方襲來的劇痛，一種無處逃避、如影隨形的劇痛。父親環視身體，發現全身都插滿了管子。除了鼻管、尿管，雙邊側腹各插兩個管子，連著馬達，一邊灌東西進來，一邊抽東西出來。護士小姐一直在看抽出液體的量、顏色。右手插兩針，左手插一針，脖子也插一針。

護士對父親說，身邊有個按鈕式的止痛針，覺得痛可以按一下，但十五分鐘只能按一次，按過後，十五分鐘內再按也沒用。但父親覺得，那好像只是心理安慰劑，痛的時候，按了也沒有什麼作用，還是很痛。

母親和三個兒女一臉憂心地站在一旁，後來父親才知道，我們在他身邊守了十幾個小時，手術進行得一波多折。

原來以為只是初期胃癌，只切三分之一的胃即可，刀開進去，才發現情況比預判嚴重，算是接近第三期的癌症，大部分的腫瘤包在胃壁裡，向外頭長穿了胃壁，所以胃鏡從胃壁內只能照到局部。為求慎重，手術中斷了兩次，醫生停下來先將從胃裡刮下的組織送驗，再決定手術要進行到什麼程度。於是，從原來切三分之一，改成切三分之二，再改成全胃切除，當發現已有向外擴散的癥狀，醫生決定摘去好幾層的淋巴，希望盡可能地清理癌細胞。

這十幾個小時的手術期間，手術間的護士到家屬等待室向母親說明父親的情況好幾次，每說一次，母親的臉就更沉一分。我們一家人，從早上八點鐘，一直等到晚上快九點鐘，手術才完成。

手術結束轉進病房的開始，雖然全身劇痛，父親還是覺得一定可以戰勝病魔，但癒後狀況一直不佳，看著母親日益憔悴的臉，濃濃的憂愁掛在臉上愈來愈重，其實那時候醫生告訴母親，父親大概還有一年可活，母親把這噩耗埋在心裡不敢說，但母親的表情卻也隱約洩漏了病情。父親問了母親幾次，醫生怎麼評估他的情況，母親只說：「好好調養一段時間，會慢慢恢復。」其他的什麼都不願多說。

父親開始意識到，也許自己已活不了多久，也開始想起一些過世的朋友。甚至有些朋友來看父親時，也要父親做一些準備。

日以繼夜的強烈疼痛持續折磨著父親，無法進食也讓父親的身體日益衰弱，再加上求生意志開始動搖，父親常常會陷入意識恍惚的狀態。

「我一直覺得有人在門外叫我，那時你的媽媽幾乎不眠不休地在身邊照顧我，我一直問，門外是不是有人在叫我？」父親說。

眼前的事物，常常都會忽大忽小。看到一隻小蟲，會變成像巨獸一樣的龐然巨物向父親逼近，讓父親非常害怕，也常會覺得，忽然有東西穿透白牆向自己撲過來。家人擔心是不乾淨的東西，但父親後來意識比較清楚、精神也比較好後，他說，那其實只是單純精神恍惚。

鼻管插了快二十天，都不能進食，拔了之後，先灌有顏色的液體，檢查有沒有漏出，如果有漏出，就不行，直到確定，才開始漸進式地恢復進食。

「剛開始只能喝熬煮稀飯後，在湯面的那一層像漿糊般的薄膜。但這樣已經讓自己覺得是人間美味，只是吃不了幾口就吃不下去。」父親說。

因為飲食習慣沒那麼快改變，吃東西稍稍快一點，父親就會有一種嗆滿反胃的感覺，才發現自己沒有意識到胃已全部摘除，吃不了太多東西，食物就會填滿肚子。

可以進食後，父親的體力開始好轉，住院一個多月後終於在醫生的同意下返家療養。但這是另一階段挑戰的開始。

首先是化療，但父親的身體對化療有很強烈的反應，化療做沒多久，就只好停下來。接下來則進入了長期抗戰。

各方親朋好友熱心推薦了許多抗癌的偏方，母親都要父親嘗試，例如，父親返家後，家裡就開始種小麥草，一盆一盆的，還有苜宿芽，全家都動員起來，要和父親一起對抗病魔。母親買了打汁的機器，把小麥草打成汁來喝，雖然非常難喝，父親還是喝了一年。

另外，還有一大堆的飲食禁忌要守，螃蟹、糯米不能吃，酒也不能喝，前兩年父親倒也乖乖遵守，但身體卻仍日漸虛弱。或許是興起了自暴自棄之念，父親決定放棄所有的飲食禁忌，不想再撐下去了，想吃什麼就吃什麼，酒也照喝。剛開始，母親苦口婆心地勸，但父親似乎豁出去了，也不理會母親，久而久之，母親知道擋不住父親，也就順了他的意思，不再約束父親的飲食。

父親說，罹癌的前五年，因為不知道哪一天癌症會移轉，一直都有一塊陰影卡在心裡，父親也不想告訴家人自己心裡的那塊陰影，只要身體一點點小狀況，咳了一下，就會疑神疑鬼，懷疑是不是移轉到肺了？如果皮膚長了異樣的東西，也會擔心，是不是移轉到皮膚了。總之，每一個身體狀況，父親都會想成是死神的叩門。

而這些負面的情緒與壓力，母親一直默默地承受著，父親當時的心思已經被束縛在對死亡的恐懼裡，也沒有餘力顧及母親的感受與壓力。

有些朋友告訴父親，罹患第三期胃癌，活五年的機率很少，活十年算了不起。但日子就這麼一天一天地過去，兩年、三年、五年過去，父親的癌症並未復發。罹癌五週年時，父親的心念忽然轉了。

「本來醫生說我只能活一年，我活了五年，等於多活了四年。」心念一轉，心情也變得豁達，父親開始從另一個角度思考自己的人生，「每多活一天，其實都是賺來的。」

匆匆十七年過去，父親雖然偶有疾患，但癌症似乎得到了控制。父親說他很滿足，因為，這多出來的十七年生命，已經比大多數的人、也包括他自己預期的要長得多了。

後來也有一些朋友、親戚得了癌症，知道父親癌後控制得好，就來拜訪父親，問父親為什麼可以活這麼久？父親說，他其實一句話也答不出來，因為，他根本不知道為什麼？

「也許閻羅王的生死簿，不小心把我漏掉了吧！」

雖然父親的癌症意外地得到不在預期內的控制，也漸漸放下了對死亡的恐懼，癒療了心病，但這心病卻不知不覺地移轉到了母親身上。

父親罹癌後約三年多，母親開始變得精神不濟，身體也開始變差，經常表現得鬱鬱寡歡。不久後，醫生診斷出母親得了重度憂鬱症。長久以來，一直以父親為天的母親，父親罹癌，對她來說就好像人生支柱倒下了，對父親的關心不忍加上長期照護的壓力，終於擊倒了原本開朗活潑、個性堅強的母親。

得了憂鬱症的母親，夜夜失眠，日日萎頓在家中，不言不語、足不出戶，所有的事都往負面想，任誰也勸說不了，等到父親好不容易從罹癌的心牢中走出後，回頭一看，卻發現換成自己結髮三十多年的妻子被鎖進了心牢。

這一段黑色憂鬱，把母親的心封鎖了將近十年，在父親與兒女們的持續開導下，母親才漸漸改善。

「爸，我帶你去醫院做健康檢查好不好？我已經向醫院掛號了，大後天就可以住院檢查，你無緣無故暈倒，總要查一下原因。」聽父親說完他的癌後心情後，我向父親提議。

「不用了，我沒關係的，我對生死早就看開了，如果哪天不小心暈過去就不再醒來，也等於省了在鬼門關前折騰的痛苦。」父親用他那一貫的豁達說道。

其實我也大概猜到父親會這樣說，但實在不能放著父親這種情形不管。但不管我好說歹說，父親就是不肯答應去醫院檢查，這時候父親的豁達，幾乎是一個無法跨越的溝通鴻溝。

就在我和父親的溝通陷入僵局時，母親不知何時已買好菜回家，聽到我一直在苦勸父親。母親便插口道：「叫你不要讓兒女擔心，你不聽，現在兒子被你弄得心情七上八下，你又不去醫院檢查，那你要兒子怎麼辦？」

父親聽母親這麼說，也就不再堅持，同意去醫院檢查。

母親牢騷發完又轉身走回廚房，我看著母親的背影心想：「十年的憂鬱症，讓母親的個性有很大的改變，但在她的心裡，那一份對父親的關心，其實一點都沒有改變吧！」

終章　平凡

面對電腦，準備寫下這「終章」，已經發呆了兩個小時，心中的感觸萬千起伏，卻一個字也寫不下去。忽爾，不知是心電感應還是什麼緣故，接到父親的來電。

「你這個不肖子！」父親在電話那頭，一開口就先罵我。

「老爸，怎麼了？我哪裡惹你不開心啊！」我說。

「你這個不肖子，找到了工作，也不和老爸說一聲，我還是從你哥哥那邊聽到的。」父親口中雖然咕噥著罵我，我可以感受到，他那語氣中有一種鬆了一口氣的喜悅。對父親來說，三個兒女的生活安否、工作順否、身體康否，已是他唯一的掛念，而聽到兒女平安喜順，是最讓他開心的事。其他的，他已一點都不掛心，也一點都不擔心了。

才掛上電話，忽然聽得客廳傳來大門開鎖的聲音，我心想，妻帶兩個女兒出門了，家裡只剩我一個人，是誰進了家門？

離開書房走到客廳，看到母親拎著從菜市場買來、大包小包的水果青菜走進來。

「媽，嚇我一跳，我還想怎麼會有人開家裡的門？妳怎麼來了，雪玲沒告訴我妳會來啊！」

母親笑了一笑：「我是來偷東西的，小偷會先打招呼再偷東西嗎？」

我盯著母親滿手的食物，說：「我看妳不是來偷東西的，妳應該是來餵豬的吧！」正在努力控制體重的我，常常會遇到母親來「搞破壞」，只要有她在，不管家裡有幾張口，她總是燒了滿桌我喜歡的菜，她知道我愛吃水果，總是切出一大盤、一大盤的水果，也不管我吃不吃得完，所以，說她是來搞破壞的，一點也不誇張。

果不其然，這天中午，雖然家裡只有我和母親兩人，她又燒了一大堆的菜，我吃到撐到四腳朝天，口中喃喃抱怨：「老媽，我節食三天，妳一餐就讓我破功！」

和父親一樣，母親的眼中，只有自己的兒女。我常想，對他們來說，不管是大陳島還是基隆港，經歷了那麼多驚濤凶險，承受著那麼多的苦難艱辛，最後扶持著他們喜樂滿滿地走在崎嶇的人生路上，就是希望子女平平安安、幸福健康的簡單祈願。

這種感覺我以前不懂，直到生了兩個女兒才漸漸明白曉得。

還記得，小時候的我不喜歡吃帶著殼的蝦子，或者精確一點說，是嫌剝蝦殼麻煩，所以在母親的配菜裡，蝦一定是剝好殼的。我太習慣這樣的方便，印象中，我吃過的蝦子多到難以計數，但剝過的蝦殼卻屈指可數。這個「大少爺」的習慣，甚至連交女朋友時也沒改變，除非女友幫我把蝦殼剝好，否則我是不會去撿帶殼蝦來吃的。

但這不剝殼的特權，卻在兩個女兒出生後打破了。女兒們喜歡吃蝦，特別喜歡吃帶殼的蝦子，但她們不會剝。從女友變成老婆的妻，不但不再幫我剝蝦殼了，當女兒想吃蝦要剝殼時，眼光還會投向我……。但說也奇怪，真的很奇怪，當我幫女兒剝蝦殼，把去殼的蝦肉一條一條送進女兒的口中時，卻覺得很快樂、很有成就感，好像女兒們吃了這一口蝦後，就會長高一寸、聰明一分似的。

而更奇怪的是，即便我喜歡「剝蝦給女兒吃」，但不知道是不是從小到大的習慣太強烈，我還是討厭「剝蝦給自己吃」。

同樣的例子，則是水果，在家裡號稱水果大王的我，不管母親切再多的水果，我的胃就像無底洞一樣，總能一掃而空。在吃水果這件事上，我只意識到我喜歡吃水果，卻從沒去想爸爸媽媽喜不喜歡吃水果，這個問題在我的大腦裡幾乎從不存在。所以，我永遠就是自顧自地吃水果，把這當做再理所當然不過的事。

但有女兒後，看到桌上的水果，要吃的時候，我總是會先遲疑一下，想一下，女兒們吃了沒有？

這些心情，都是在有了女兒之後，我才能回頭去感受父親和母親以前養我帶我的心情。

當我因為有了女兒，漸而開始體會父母那無怨無悔的付出後，我心裡總浮浮載載著一個聲音：「我可以幫父親和母親做些什麼呢？」

一直以來，我為父母親做得太少，無盡忙碌的工作，更成為遺忘父母、疏離父母的最佳藉口，看到父母親一年一年老去，想為父母親做些什麼的念頭便不斷地在心裡迴盪。

但想破頭，也想不出能做什麼。父親和母親一輩子省吃儉用、淡泊習慣了，母親有時還會喜歡一些小東西，愛出門走走轉轉，還比較容易想到要送母親什麼，但父親就更讓人傷腦筋，問他要什麼？他什麼都不要，多年不添新衣，罹癌摘去全胃後，吃得少也吃得清淡；不喜歡出門的他，邀他一起家庭旅遊，更是難如登天。父親最喜歡的事，就是一整天守著電視，看名嘴評論時事、罵遍天下每事每物……。唯一的物念，大概就是每天都會淺酌個幾杯，雖然醫生說，摘胃之後的他不宜喝酒。但父親卻漫不在意，用一種黑色幽默自嘲地說：「叫我別喝酒，我寧可早點上西天。而且，我摘胃後這麼多年，天天喝酒，也還沒拿到去西天的門票。」

後來我們不但順了父親，而且，「送酒」還變成逢年過節，我們唯一想得到送給父親而父親會開心接受的東西。

直到三年前，我想到把父親和母親的故事寫下來。

「這是我可以幫爸媽做的最有意義的事！」我心裡這麼想。

剛開始，父親和母親都沒什麼興致。

「都是一些無聊的小事，沒什麼好說的啦！」

「時間太久了，都忘光了！」

父親母親配合度不高，也讓我一開始時的採訪作業頗不順利。記得第一次採訪父親時，我大概問了十分鐘，就問不下去了。腦袋一團亂，加上父親回答的有一搭沒一搭，只能草草收工。

但還好我堅持了下來。一次、兩次、三次，漸漸的，我找到了誘導父親說故事的問法，而當父親腦袋裡沉睡了一甲子的回憶盒慢慢被打開、被喚醒後，無限的驚奇、無限的記憶寶物，就這麼一點一點、一件一件地被挖掘出來了。漸漸地父親也愛上了這一趟回憶之旅，甚至原來一點興趣也沒有的母親，也開始頻繁地來「湊鬧熱」，在我採訪時，兩老常常拌嘴，反覆在許多記憶的細節上爭執，總覺得對方記錯了。

也因此，我還常常得在父親和母親說的版本中，選擇要以哪一個版本為準，因為故事的主述者是父親，所以我大多選擇採用父親的版本。但說真的，我也不確定，我選的版本是不是對的版本？但回頭想想，這是父親的記憶之書，不是一本歷史書，對我來說，最重要的是忠於父親的記憶，這樣就夠了。

而終於，我完成了這本書。但更讓我驚訝的是，我本以為寫這本書是想為父母親做些什麼，以盡人子之孝。但完成後，我才發現收穫最大的竟是自己。

在這近三年的採訪過程中，我得到了很大的啟發。特別是，在這本書完成的同時，我剛好處在一段生涯的低谷，在工作上遇到了「自以為」重大的挫折與打擊，為此，有時會陷落在鬱鬱的心情裡走不出來。

於是，我常常回頭看這三年一點一點記錄下來的父母的人生故事。

父親數次和死神擦身而過；母親走過十年憂鬱症的低谷；父親在基隆港扛貨被貨箱險些壓死；肚子裡懷著我的母親在花蓮暴雨天騎單車下工因路滑摔車、差點流產；父母親年輕時有朝無夕、逐零工而居的飄零歲月……。聽父母細細數說他們人生中走過的辛酸、遭遇的凶險、經歷的困難，這一切不容易，在他們的口中卻顯得那樣的雲淡風輕，我忽然想，就是這樣的雲淡風輕，支持著父母親走過艱難的風雨歲月吧。也就在這個時候，我的心裡忽然湧出一股力量，如果父母親能一步一印地走過這種種辛苦，自己在人生中遇到的

三代同堂的羅氏大家族

小波小瀾算得了什麼？

父母親的故事，成了支持我度過低潮的一股療癒的力量。

我的父母親的人生不是從偉大開始，現在的他們也繼續過著平凡的人生。父親還是每天守著他的電視機，母親還是天天往外頭跑，爬山、訪友、做公益……他們充滿感恩、心懷喜悅地享受這一份平凡，因為，面對那滔滔不定的人生悲喜，平凡，已是最偉大也最幸福的人生成就。

這本書的最後一章不是結束，而是記錄著一個傳承的開始，對我，對我的哥哥和妹妹，以及對我們的孩子，還有孩子的孩子……

後記　孫兒們的話

一、印象

羅立禹（十八歲）

翠綠的山、綿綿的雨是我對基隆的印象，蜿蜒的山路、小巧的兒車是我和奶奶的回憶，老舊的電視、沉默的背影是我對爺爺的記憶。

一排排的騎樓是我小時候的走廊，那時候總覺得全世界的房子都像是這樣，舊舊的公寓，濕答答的道路，斜斜的山坡，覺得自己的世界好小好小，所以到現在，眼睛一閉上，好像能看見小時候的自己，走在濕答答的道路上，旁邊環繞著一排排的騎樓，朝著斜斜的山坡慢慢地走去。

以前在基隆是住在老舊公寓式的建築，一樓是斑駁的鐵門，進了鐵門沿著曲折的樓梯往上走，依稀還有著以前我放學時爺爺載完我回家，回到家中的景象。記憶中的那個家有那麼多的回憶，爺爺的背影、奶奶的背影有那麼多的故事，許多也許我聽過，也許我沒聽過的。

當我得知叔叔要為爺爺奶奶記錄我們家族的故事時，我是非常震驚興奮的，我震驚的是原來我以前從沒好好想過自己家族的起源，回首爺爺奶奶一路辛苦的過程，興奮的是這些故事就像是失落的寶藏，如今被記錄下來了，告訴著我們今天在這裡是因為上一輩有多大的努力及幸運，也讓我可以時時回味著，我們家族裡以前發生的種種，細細體會著早期人們生活的艱困，稍稍感嘆著現在自己的幸福。

看完後彷彿體會著先輩的生活，在以前動盪不安的時代大家只希望能圖個一家大小溫飽，辛苦地工作著，努力地生活著，是多麼不容易。這些在爺爺奶奶背後的故事，大部分在以前是都沒聽聞過的，也從來沒想過要去詢問自己家中的長輩，假如叔叔今天沒了那個念頭，那麼這些故事也可能很難知道，也可能永遠都不知道了吧。

今天知道了我們家在浩浩歷史洪流下的故事，歷史好像不是歷史了，原來以前認為遙不可及的歷史故事，就在我的身邊，而歷史的每一個轉折對我們的影響是那麼深刻。

二、情人湖

羅立翔（十六歲）

沿著蜿蜒的山路，前方是霧濛濛的，我唯一可以瞧見的是一對粗糙的手牽著一雙小手，這是我記憶中的景象。我的童年在基隆度過，而陪伴著我的是我的爺爺奶奶——羅阿玉和蔣夏蘭，那是我印象最深刻的一次，爺爺奶奶答應了要帶我到山上的情人湖，於是隔天大約清晨時分我們便出發了，步出家門，眼前是寬闊的馬路，路上沒有行人，沒有車輛，唯有我們祖孫三人，筆直道路的終點是一座大山，你若順著上去便可到情人湖畔。

基隆是座雨城，但那天沒下雨，潮濕的氣候配合著冷颼颼的東北季風，山間環繞著霧氣，好似飄在天空的山頭，我納悶著該如何上去，我看了眼兩老，他們不作聲牽著我的手朝山頭邁進，路上的兩旁長滿著許多雜草，奶奶上前拾了一根黃金芒給我，我當起雞毛撢子揮來揮去直想把眼前惱人的霧氣給揮去。

走了好一段山路，我們拐了個彎，地上的柏油轉為石砌的步道，老舊的步道配合著濕漉的氣候，有些穿了青衣，你若不小心踩在上頭難免會摔跤，我小心翼翼地踩著，一步一步走到了吊橋邊，而橋下便是情人湖，我看著眼前的吊橋，那橋路是木造的，走在老舊潮濕的木頭上還會咯吱咯吱地響，伴隨著橋身上下波動，我深怕一不小心踩斷腳下的木頭，那我豈不就栽到水裡去了？我三步併作兩步迅速通過那令我膽顫心驚的吊橋，然而看著前方的爺奶對於剛剛的一切好似處之泰然，我看著他們漫步在情人湖畔，平靜的湖面上那墨綠色的湖光反映在他們眼中，我看得出來他們在享受這份寧靜，然而當時的我不解，如此的湖光山色確實令人陶醉，但為何卻使他們如此沉醉？

那時的我百思不解，我從來沒想過家族的過去，當我看完叔叔寫的《靠岸》後，我了解到原來家族的過去是如此顛沛流離的。

而叔叔僅借由爺爺的口述勾勒出了形象，再透過細膩的筆法，將羅家這將近一百年的故事娓娓道來，令人不禁肅然起敬，叔叔能「究天人之際，通古今之變，成一家之言」，《靠岸》是羅家的史記，叔叔完成了，並提醒著後代要記住那段歷史。

三、了解爺爺奶奶的故事

羅沁然（十一歲）

看完了叔叔寫的書，讓我了解祖先們的故事，祖先們在大陳島上是多麼努力，多麼辛苦，來維持家裡的經濟，但是我的曾曾祖父不知得了什麼病便過世了，所以由曾曾祖母來維持家裡的經濟，就連海外收租金的事，也是由曾曾祖母一個人來做。在那個窮苦的時代，女人應該是要在家煮飯或幫忙的，但是女人要去海外收租金的事，我還是第一次聽到，這麼辛苦的事，讓曾曾祖母一個人來做，讓我好心疼。

但是曾曾祖母沒有抱怨，仍然時間一到，就會出海去收租金，可是有一次，曾曾祖母要出海去收租金時，在海上因為天氣不好，所以風一吹，船便翻了，曾曾祖母當時也在船上，便落難了，看到了這一段，我好難過，不過因為有曾曾祖母和爺爺說的那一句：「不行，這一次你不能和我一起去。」不然後果不堪設想，也不會有我們了。

我也覺得爺爺非常了不起，他在大陳島上的生活是多麼辛苦的事情啊！他克服了那麼多的事情啊！那些事情只要有一件是發生在我的身上，我一定會受不了的，但因為共產黨把國民黨給打敗，所以爺爺他們也只能跑去台灣避難，然而我的爺爺因為要養家，所以每天做苦工，當碼頭工人來維持家裡的生活，爺爺真的好辛苦。

謝謝叔叔寫這本書，讓我了解祖先們和爺爺奶奶的故事，不管遇到什麼困難，都不應該退縮，而是要更努力地向目標前進，絕不要半途而廢，祖先有太多東西是我們要學習的了，我可能沒辦法做得像祖先們那麼好，但我還是要盡我所能，把祖先的技巧一樣一樣學起來，讓在天上的祖先們為我們驕傲，而不是失望。

四、糊塗的遺傳

羅沁懷（十一歲）

奶奶是一個很勤奮的人。

我小的時候，常和奶奶在一起，我記得，我們去基隆找奶奶的時候，都是爸爸開車，媽媽坐在旁邊。那時候妹妹還沒出生。我們從斜坡（交流道）開下來，爺爺奶奶家就在斜坡的下面。

那時候，立禹和立翔哥哥也還很小，立翔哥哥總是騎著玩具車跑來跑去，玩得很開心的樣子。

我們在奶奶家吃過飯後，奶奶會和我聊天，然後爸爸媽媽帶我去便利店買養樂多。喝完後，我們就回家了。這是我小時候對奶奶的印象。

爺爺呢？我覺得爺爺是一個很特別的人。

說他勤勞，好像有點像。因為爸爸說爺爺以前在碼頭工作很辛苦。

但說他懶惰，好像也有點像，因為每次看到爺爺，他都關在房間裡看電視。

爺爺很慈祥、風趣，喜歡和我和妹妹開玩笑，很愛聊天。不像書上寫的爺爺那樣，都很嚴肅。

爺爺喜歡喝酒、看電視、打麻將、和朋友聊天，他也常常買糖果給我們吃。爺爺每次看到我都笑嘻嘻地說：「敏敏啊，妳好久都沒來看爺爺，都不想爺爺啊！」

爺爺講話有鄉音，不太清楚，要很專心才聽得懂，有時要猜他說話的意思，但聽多聽久了，也就大概知道爺爺在講什麼。

爺爺奶奶從基隆搬到泰山後，我們到泰山找奶奶，奶奶有時會帶我和妹妹去附近的小公園玩。

奶奶有點糊塗，跟我很像，偶爾忘東忘西的。記得有一次，我急著上廁所，奶奶就讓我拿鑰匙，要我自己回家上廁所。

但我說：「可是媽媽不准我自己一個人過馬路。」奶奶才說：「哦，對哦！我都忘了。」才牽著妹妹和我，帶我回去上廁所。

我的爸爸有時也很糊塗，所以我想，我的糊塗應該是家族遺傳吧。

我覺得爺爺奶奶是很棒的人，我很喜歡他們。

五、看夕陽的小兔子

羅沁扉（五歲）口述

有一隻小兔子和媽媽住在一起，小兔子和媽媽都很開心。

媽媽會告訴小兔子什麼香菇可以吃？什麼香菇不可以吃？

媽媽還會帶小兔子去海邊看夕陽，很美很美的夕陽。

後來媽媽死了，

小兔子，還是每天都去海邊看夕陽。

好像媽媽還在陪伴她一樣。

講完了。

聽扉扉說完「看夕陽的小兔子」，我愣了一下。

「我不是跟妳說，要妳說說『爺爺與奶奶』嗎？」我問扉扉。

扉扉：「對啊，這個故事就是爺爺與奶奶啊。」

好吧，雖雞同鴨講，就如實記下，至少這故事除了感傷了些，還滿好聽的。也許可以這麼說，這表示，扉扉也是個「說書人」，她也從她的曾祖父那兒遺傳了說書人的血液吧！

九歌文庫 1185

靠岸——舞浪的說書人

著者　羅智強
責任編輯　張晶惠
創辦人　蔡文甫
發行人　蔡澤玉
出版發行　九歌出版社有限公司
臺北市105八德路3段12巷57弄40號
電話／02-25776564・傳真／02-25789205
郵政劃撥／0112295-1
九歌文學網　www.chiuko.com.tw
印刷　晨捷印製股份有限公司
法律顧問　龍躍天律師・蕭雄淋律師・董安丹律師
初版　2015年3月
初版3印　2020年8月
定價　280元

書號　F1185
ISBN　978-957-444-988-0
（缺頁、破損或裝訂錯誤，請寄回本公司更換）

國家圖書館出版品預行編目資料

靠岸一舞浪的說書人 / 羅智強著. – 初版. --
臺北市：九歌, 民104.03

面 ; 14.8×21公分. --（九歌文庫；1185）

ISBN 978-957-444-988-0（平裝）

855 104001518